하얼빈의 영웅
안중근

김진 엮음

지성문화사

시작하면서

1909년 10월 26일에 안중근 의사가 하얼빈 역에서 이토 히로부미를 사살한 의거는 세계를 놀라게 만든 중요한 역사적 사건이었다. 이때로 부터 중국의 북방 도시 하얼빈은 안중근이라는 이름과 함께 세계에 널리 알려지게 되었다.

안중근 의사는 우리들 모두가 아는 바와 같이 한국이 낳은 위대한 애국자이고 선구자다. 그러 나 우리 국민들 중에는 안중근 의사를 이토 히 로부미를 처단한 의열 투사라고만 알고 있는 이들이 많다. 또한 이토를 처단한 것도 '암살'이 라고 알고 있는 이들이 많다. 하지만 이것은 정 확하지 않으며 잘못 알고 있는 것이다. 안 의사 는 청년기에 이미 선각적인 교육자였고, 높은 지성을 가진 지식인이었으며, 스스로 의병부대 를 편성하여 항일 의병전쟁을 감행한 의병 대 장이었다.

그는 천주교에 입교한 청년기에 이미 대학 교

육을 시행해야 한다고 판단하고, '대학교 설립안'을 만들어 뮈텔 주교에게 제출한 적이 있었으며, 1906년에는 자기 재산을 모두 털어 진남포에 '삼흥학교'와 '동의학교'를 설립하여 교장으로서 신교육 구국 운동을 전개했다.

또한 1907년 '국채보상운동'이 일어났을 때는 관서 지방의 지부장이 되어 부인의 패물까지 헌납하면서 나라의 경제적 독립을 위해 헌신적으로 분투했다. 또한 일제가 군사무력으로 조국을 병탄하려는 것이 확실해지자 노령 연해주로 건너가서 동포 청년들을 모아 군사훈련을 시켜 1908년 4월, 약 300명의 의병부대를 지휘하여 두만강을 건너 국내 진입 작전을 전개했다.

안 의사는 이토 히로부미가 러시아 재무장관과 만주 분할 지배에 대해 의논하려고 1909년 10월에 만주를 방문하게 되자, 자기의 활동 지역에 들어온 적 수괴에 대한 의병 작전의 일환으로 그를 공격하여 처단하였다. 안 의사가 공판장에서 이토를 처단한 것은 '암살'이 아니라 의병참모 중장의 자격으로 의병 활동을 한 것이라고 주장한 것은 이러한 연유에 의한 것이었다.

하얼빈에서의 의거가 안 의사의 영웅적인 면을 보여 준 사건이었다면, 그가 뤼순 형무소에서 보낸 나날은 그의 위인적인 모습을 보여주었다. 그곳에서의 5개월 동안 그는 적들의 법정에서 시종여일하게 이웃 나라를 침략하고, 동양의 평화를 파괴하는 이토의 만행을 규탄했고 의거의 정당한 이유를 천명하였으며, 일본 위협과 회유 앞에서 추호의 동요도 보이지 않았다. 일본 변호사가 이토를 살해한 것은 '오해'에서 비롯되었다고 승인만 하면 극형을 면할 수 있다고 말했을 때 그는 "이토에 대해서 나는 똑똑히 알고 있다. 그 어떤 오해도 없었다"고 대답했던 것이다.

안중근은 영웅이다. 우리만의 영웅이 아니라 사람다운 사람들의 영웅, 평화의 영웅이다. 그러나 평범한 사람으로서 영웅이 되었다는 것을, 침략의 뜻을 품은 이들은 명심해야 할 것이다.

2017년 1월 김진

차례

제1부

거침없던 어린 시절

1장
안중근 태어나다

<안응칠역사>의 첫머리에서 안중근은 자신이 1879년 7월 16일 황해도 해주부의 수양산(首陽山) 아래에서 태어났다고 기술했다. 이날은 양력으로는 9월 2일이며, 수양산은 해주 관아에서 동쪽으로 5리 떨어진 곳에 있는 산이다. <안응칠역사>의 서두에서는 할아버지와 아버지에 대해서도 기록하고 있는 데, 단순히 가계와 경력을 기록하는 데 그치지 않고, 이들의 덕성을 구체적으로 나타내고자 했다.

할아버지의 이름은 인수(仁壽)이다. 성품이 어질고 후덕했으며 가산이 풍부하였다며, 도내에서는 자산가로 이름이 알려졌다. 일찍이 진해 현감을 지냈으며 6남 3녀를 낳았다. 맏이는 태

진(泰鎭), 둘째는 태현(泰鉉), 셋째는 태훈(泰勳: 안중근의 아버지), 넷째는 태건(泰建), 다섯째는 태민(泰敏), 여섯째는 태순(泰純)이었는데 6형제가 모두 글재주가 있었다.

그중에서도 아버지는 재주와 지혜가 뛰어났다. 8~9세에 사서삼경(四書三經)을 통달했고, 13~14세에는 과거 시험에 쓰이는 문체를 모두 익히셨다. 중년에 진사(進士)가 되셨다. 조씨(趙氏).와 혼인하여 3남 1녀를 낳으니 맏이는 중근(重根: 나), 둘째는 정근(定根), 셋째는 공근(恭根)이다.

<안응칠역사>에는 안인수가 어떤 자선을 베풀었는지에 대해서 기술하지 않았지만, 김구의 <백범일지>에는 그 대목을 짐작해볼 만한 대목이 있다. "안 진사의 아버지인 인수 씨는 12~13세대 동안이나 해주 부내에서 살았는데, 진해 현감을 역임한 뒤에 많은 재산을 친척들에게 나눠 주고 300여 석 추수할 자본만 남겼고, 청계동이 산수가 수려할 뿐 아니라 피난지가 될 만하다고 생각하고, 장손 중근이 두 살 때 그곳으로 이사하였다"라는 기록이 그것이다. 자선을 베푼 대상이 친척의 범위를 벗어났는지

는 이 기록에서 확인할 수 없지만, 적어도 안인수가 재물을 아끼지 않는 성품이었음은 짐작할 수 있다.

또한 과거를 준비하면서 안태훈이 보여준 능력이 탁월했음은 앞에서 제시한 일화를 통해 충분히 짐작할 수 있다. 안태훈의 재주는 널리 알려져 있었던 것으로 보이는데, 황주(黃州) 출신인 박은식은 자신과 안태훈이 "황해도의 두 신동(神童)"으로 일컬어졌다고 언급하기도 했다.

명성이 널리 퍼진 때문인지, 서울에 머물고 있던 안태훈은 박영효(朴泳孝: 1861~1939)가 주도한 외국 유학생단에 선발되었다. 1884년의 일이다. 하지만 곧 갑신정변이 일어난 탓에 유학을 떠날 수 없게 되었다 박영효는 반역죄로 몰려 일본으로 달아났고, 학생들은 죽음을 당하거나 유배되었다. 이런 상황에서 안태훈이 할 수 있는 일은 은거하여 눈앞의 위험을 피하는 정도였을 것이다.

안중근은 이때의 일을 다음과 같이 서술하였다.

아버지는 피신하여 고향집에 돌아와 지내셨다. 할아버지와 의논하면서 말씀하셨다.

"나랏일이 장차 날로 그릇되어 갈 것 같습니다. 부귀공명은 바랄 수 없습니다. 차라리 일찍 감치 산에 은거하여 밭 갈고 낚시나 하면서 이 세상의 삶을 마치는 것이 좋을 것 같습니다."

집안 살림을 모두 팔아서 재산을 정리하였다. 말과 수레를 준비하여 70~80여 명의 식구를 이끌고 신천군(信川郡) 청계동(淸溪洞)의 산속으로 이사했다. 지형은 험준했지만 논밭이 모두 기름진 곳이었다. 그때 내 나이 6, 7세였다.

대대로 살던 해주를 떠나 인적이 드문 험준한 청계동으로 들어가는 광경이다. 더 넓은 세상을 꿈꾸었던 청년 안태훈은 오히려 그 꿈 때문에 많은 것을 포기하고 세상과 격리된 깊은 산속으로 들어갔던 것이다.

안태훈의 청년 시절은 이처럼 총명한 과거 준비생이자 개화 성향의 지식인으로 요약할 수 있다.

안중근은 자신의 출생에 대해 생일과 출생지,

그리고 이름과 자(字)로 구성된 짤막한 기록만을 남겼다. 그리고 이름과 자를 지은 뜻을 덧붙였다.

"성질이 가볍고 급한 편이어서, '중근(重根)'이라고 이름을 지었고, 가슴과 배에 일곱 개의 검은 점이 있어서 응칠(應七)이라고 자를 붙였다"고 한 것이다

응칠이라는 자는 신체적인 특징을 드러낸 것이다. 태어났을 때 지었을 가능성이 높으므로 원래는 아명이었을 것이다

안중근이 태어난 곳은 해주이지만, 교육받은 곳은 신천군 청계동이었다. 어린 안중근을 기른 이는 할아버지였다. 물론 할아버지가 손자를 훈육하는 깃은 자연스러운 일이지만, 안중근의 경우에는 아버지인 안태훈이 주로 서울에 머물렀으므로 그럴 수밖에 없었다. 안중근과 교유한 바 있는 박은식은 안중근이 할아버지 손에 길러진 사정을 말한 후에 수학기의 안중근을 이렇게 묘사했다.

(안중근은) 남달리 총명하여 경전과 역사에 통달하고 서예에 뛰어났다. 놀 때는 반드시 활을

끼고 총을 잡았고, 말타기를 익혔다. 늘 이러했으므로 솜씨가 뛰어나서 말을 탄 채 나는 새를 쏘아 떨어뜨릴 수 있었다.

요컨대 문무(文武) 양쪽에서 모두 뛰어난 재능을 보였다는 말이다.

어린 시절 안중근의 성격은 어땠을까? <안응칠역사>에 기록된 몇 가지 일화를 통해 어느 정도 짐작해볼 수 있다.

첫째는 절벽에 핀 꽃을 꺾으려다가 목숨을 잃을 뻔한 사건이다. 3월 어느 날 여러 벗들과 함께 산에 올랐을 때의 일이다. 층암절벽 위에 올라 감상하던 안중근은 문득 한 송이 꽃을 발견했다. 꽃을 꺾으려다가 미끄러져서 절벽 아래로 떨어지려는 위기의 순간, 안중근은 정신을 가다듬고 옆에 있던 나뭇가지를 잡았다. 나뭇가지를 잡지 못했다면 수백 척의 절벽 아래로 떨어질 뻔한 아찔한 순간이었다. 겨우 정신을 차린 벗들이 끌어올린 덕분에 안중근은 간신히 목숨을 구했다고 한다. 목숨을 건진 이후의 행동을 <안응칠역사>에서는 다음과 같이 서술하고 있다.

손을 맞잡고 칭하(稱賀)하였고, 천명(天命)에 감사했다. 산을 내려와서 집에 돌아갔다. 어려운 상황에서 죽음을 면한 첫 번째 일이다.

특별히 다친 곳이 없었다고 해도, 이 사건이 한 소년에게 주었을 충격이 얼마나 컸을지는 충분히 짐작할 수 있다. 그리하여 안중근은 스스로도 "죽음을 면한 첫 번째 일"이라고 술회하고 있다.

꽃을 꺾기 위해 절벽 위에서 몸을 움직인 행동은 사실 무모하다고 할 만하다. 반면 위기의 순간에 절벽 위에서 몸을 움직인 행동은 침착하거나 담대하다고 할 수 있다. 무모하면서도 때로는 침착하고, 그러면서도 담대한 소년 안중근의 모습을 이 사건에서 찾아볼 수 있다.

다음으로 살펴볼 내용은 친구와의 대화를 통해 자신의 포부를 밝힌 일화이다

나는 어려서부터 유별나게 사냥을 좋아했다. 늘 사냥꾼을 따라서 산과 들로 놀러 다녔다. 성

장해서는 총을 메고 산에 올랐는데, 새와 짐승을 잡느라고 글 배우는 데는 힘쓰지 않았다. 그래서 부모와 교사들이 크게 꾸짖기도 했지만, 끝내 굽히지는 않았다. 글을 배우는 친한 벗들이 알아듣도록 타이르기를 "그대의 아버님은 문장으로 세상에 이름난 분인데 그대는 무슨 이유로 무식한 하등인이 되려고 하는 것인가?" 하므로 나는 대답했다.

"그대의 말도 옳다 하지만 내 말을 좀 들어보게나. 옛날 초패왕(楚覇王) 항우(項羽)는 '글은 이름이나 적을 수 있으면 족하다'고 말했네. 그런데도 만고의 영웅 초패왕의 명예는 천추에 남아 아직도 전하고 있네. 나는 글을 배워서 세상에 이름을 내고 싶지는 않네. 그가 장부라면 나 또한 장부가 아닌가. 그대들은 다시 내게 글 배우기를 권하지 말게."

안중근이 어릴 때부터 사냥을 좋아한 것은 가문에 이어진 무인 기질 탓도 있겠지만, 청계동이라는 , 특별한 환경의 영향이 적지 않았을 것이다. 청계동 주변의 산이 사냥하기에 좋은 곳이었던 것 같다. 그리고 항우를 거론한 이유는 영웅호걸이 호기와 자부심을 드러내고자 했기 때문일 것이다. 항우의 지위가 아니라 항우 같은 기개와 명성을 목표로 삼았음은 물론이다. 이처럼 호기로운 주장을 폈지만, 안중근이 8~9년 동안 보통학문을 익혔다고 한 것을 보면 글공부를 완전히 포기한 것은 아닐 것이다.

20대에 접어들었을 때의 일로 보이지만, 다음의 일화도 안중근의 성격을 살펴보는 데 있어서 중요한 단서가 될 것이다.

[가] 평생 동안 특별히 즐기던 것이 네 가지이다. 첫째는 벗을 사귀는 일이요, 둘째는 음주가무요, 셋째는 사냥이요, 넷째는 말 달리기였다. 그래서 의협의 인물이 어디서 산다는 말만 들으면 그곳이 멀건 가깝던 가리지 않고 총을 들고 말을 달려가 방문하곤 했다. 만약 뜻이 맞으면 비분강개한 이야기를 하면서 실컷 술을 마셨고, 취한 다음에는 노래하고 춤을 추기도 했다.

[나] 언젠가 기생집에서 놀다가 기생에게 이렇게 말했다.

"너희가 절묘한 자색을 갖추었으니, 호걸남자와 혼인한다면 얼마나 빛나고 아름답겠느냐?

너희는 그렇게 하지는 않고, 돈 소리만 들으면 침을 흘리고 정신을 잃어 염치를 돌아보지 않는구나, 오늘은 장씨(張氏), 내일은 이씨(李氏)를 상대로 맞아들이니, 금수(禽獸)와 같은 행동이 아니겠느냐."

말이 이와 같으니 미녀들이 받아들이지 않았다. 오히려 미워하는 빛이나 공손하지 않은 태도를 밖으로 드러내 보였다. 그러면 나는 욕을 퍼붓거나 매질을 하곤 했다. 이에 친구들은 나를 '번개입(電口)'이라고 불렀다.

[다] 하루는 예닐곱 명의 벗들과 함께 산에 가서 노루 사냥을 하였다. 공교롭게도 탄환이 총신에 걸렸다. 뽑아낼 수도 밀어 넣을 수도 없어서 쇠꼬챙이로 주저 없이 총구멍을 마구 쑤셨다. 생각지도 못했는데 '쾅' 하는 요란한 소리가 났다. 혼비백산하여 머리는 붙어있는지 살아있는지조차 깨닫지 못했다. 조금 뒤에 정신을 수습하여 자세히 살펴보니, 막혀 있던 탄환이 폭발하여 쇠꼬챙이와 탄환이 내 오른손을 뚫고 공중으로 날아간 것이었다. 나는 곧바로 병원으로 가서 치료하였다. 이제 그로부터 10년이 지났지만, 꿈에서라도 그때 놀랐던 일을 생각하면

모골이 송연해진다. 별로 중상은 아니어서 바로
총알을 빼냈더니 회복되었다.

2장
동학군과의 싸움과 김구

안중근은 1894년에 처음으로 동학농민전쟁을 통해 전쟁을 경험하게 된다. 16세가 된 이 해에 김홍섭(金鴻燮)의 딸 김아려(金亞麗)를 아내로 맞이하여 가장을 이루었다. 또 비록 어린 나이였지만 무예를 익히는데 힘써, 청계동 일대에서는 이미 뛰어난 사격술로 이름이 높았다고 한다. 안중근은 아버지 안태훈이 일으킨 '의병'의 일원으로 이 전쟁에 참여했다. 그리고 여기서 용맹과 재주를 발휘하여 큰 공을 세웠다.

그런데 안중근의 '의병 활동'은 오늘날의 시각에서 안중근의 생애를 살필 때 부딪치게 되는 가장 당혹스러운 문제 중의 하나이다. 의병이 상대한 적군이 바로 동학군이기 때문이었다.

안태훈의 사상적 경향은 의병활동의 원인으로

지적할 만하다. 안태훈이 박영효가 주도한 유학생단에 포함되었던 적이 있거니와, 동학군이 박영효로 대표되는 개화 인사들에 대해 적대적인 태도를 취하고 있었기 때문이다.

당시 16세의 어린 안중근의 활약상에 주목해 보자.

<안응칠역사>에 등장하는 동학군과의 전투 장면은 7명의 병사들로 2만 명의 적과 맞섰다는 원용일 부대와의 싸움이 유일하다. 이 한 번의 싸움만으로 전투에 임하는 안중근의 태도를 짐작해볼 수 있다. 과감하고 용감하면서도 한편으로는 무모한 면도 보인다는 것이 대략적인 내용일 것이다.

황해도 동학농민군의 우두머리 중에는 김창수(金昌洙)라는 '아기접주'가 있었다. 바로 김구(金九: 1876~1849)이다. 김구는 1893년에 동학에 입도했으며, 1894년 가을에는 황해도 접주 15인의 일원으로 보은에 가서 교주 최시형을 만난다. 그리고 돌아오는 길에 동학당의 집회 광경과 삼남으로 떠나는 관군의 모습을 접하게 된다. 전봉준이 각 지방 농민군에게 재봉

기를 요청하는 격문을 보낸 후 교통의 요지인 전북 삼례에서 동학농민전쟁의 2차 봉기가 시작되던 무렵이었다.

황해도에 돌아온 김구는 팔봉접주(八峯接主)로 동학군의 선봉이 되었다. 해주성 공격에 실패하고 해주 서쪽 회학동(回鶴洞)으로 물러나 있을 무렵, 신천 안 진사의 밀사가 김구를 방문하였다. <백범일지>에서는 "비밀리에 조사하고 난 뒤 '군이 나이는 어리지만 대담한 인품을 가진 것을 사랑하여 토벌하지 않을 테지만, 군이 만일 청계를 침범하다가 패멸하면 인재가 아깝다'는 후의에서 보낸 밀사"라고 했다. 안태훈이 동학군에 몸담고 있는 김구의 재주를 높이 평가하여 김구의 부대는 공격하지 않겠다는 뜻을 보인 것이다. 이 밀사를 만나고 난 뒤 김구는 서로를 침범하지 않을 뿐만 아니라 위험한 때에는 돕기까지 하겠다는 밀약을 맺는다. 적군과 일종의 동맹을 맺은 것이다

안태훈이 김구와 밀약을 맺은 것은 기본적으로 전략적인 판단이었을 가능성이 높다. 아마도 처음에는 김구를 설득함으로서 이이제이(以夷制夷)나 원교근공(遠交近攻)의 계책으로 청계동

부근의 동학군을 막고자 했을 것이다. 어린 나이에 동학군의 핵심부대를 이끌고 있는 김구의 재주를 점차 인정하게 되었고, 그에 따라 진심이 담긴 후의를 보이게 되었던 것 같다. 안태훈은 개화파에 속하면서도 외세에 대한 경계심을 갖고 있었으므로 장차 외세를 막기 위해서는 김구 같은 젊은 인재를 특별히 보호해야 한다는 생각을 했었던 것 같다.

동학농민전쟁이 실패로 돌아간 뒤, 세 달 동안 몽금포에 은거하던 김구는 안태훈을 찾아간다. 쫓기는 신세였던 김구가 청계동으로 간 것은 직접적으로는 정덕현(鄭德鉉)의 권고 때문이었겠지만, 과거 안태훈이 밀사를 보낸 인연이 있었기에 가능했을 것이다. 청계동 의려소(義旅所), 곧 안 진사 댁을 찾아간 김구는 주변 경치를 꽤 상세하게 묘사하고 있다. 경관을 세밀하게 기억하는 김구의 심리 속에는 '패군의 장수'라는 데서 오는 일종의 불안감도 있었을 것이다. 김구 선생의 <백범일지>에서 천봉산을 넘어 청계산에 들어가는 장면은 매우 사실적으로 묘사해 놓았다.

나는 곧 천봉산을 넘어 청계동에 다다랐다. 청계동은 사면이 험준하고 수려한 봉란으로 에워싸여져 있고 동네에는 띄엄띄엄 사오십 호의 인가가 있었으며, 동구 앞으로 한 줄기 개천이 흐르고 그곳 바위 위에는 '청계동천'이라는 안 진사의 자필 각자가 있었다. 동구를 막는 듯이 작은 봉우리 하나가 있는데 위에는 포대가 있고 길 어귀에 파수병이 있었으며 우리를 보고 누구냐고 물었다. 명함을 드리고 얼마 있노라니 한 군사가 우리를 안내하여 의려소인 안 진사 댁으로 갔다. 문전에는 연당이 있고 그 가운데에는 작은 정자가 있었다. 이것은 안 진사 육형제가 평일에 술을 마시고 시를 읊는 곳이라고 했다. 대청 벽상에는 의려소 석 자를 횡액으로 써서 붙였다.

마치 눈앞에 청계동을 펼쳐 놓고 김구 선생이 자상하게 설명을 하는 느낌이다. 마을 분위기는 천연 요새처럼 잘 숨어 있는 형국이다. 동학군들이 이 마을의 입구에서 대패하고 물러난 것도 청계동이 지형적으로 수세를 하기에 좋은 위치이기 때문이다.

청계동에 도착한 김구는 기대 이상의 환대를 받았다. 1895년 2월부터 5월까지 스무 살의 청년 김구는 안태훈이 마련해 준 청계동 집에서 생활한다. 그는 안태훈의 형제와 아들, 조카 등을 만났을 뿐 아니라 오주부(吳主簿)를 비롯한 안태훈 주변의 인물들과도 어울렸다. 이에 대한 김구의 기록은 안태훈 일가의 청계동 생활을 추정하는데 중요한 자료가 된다.

그런데 안중근 자신의 기록인 <안응칠역사>에는 김구에 대한 언급이 없다. 김구와 대면했던 인물은 안태훈이지 안중근이 아니었기 때문일 것이다. 뒷날 안중근이 신문(訊問)당하면서 국내 인물들에 대해 언급할 때도 김구의 이름은 보이지 않는다. 이는 청계동에 머문 기간에 김구가 안중근과 특별한 교분은 없었다는 뜻으로 해석된다.

반면 <안중근혈투기>에는 안중근과 김구의 관계가 상당히 밀접했다고 묘사되어 있다. 이전은 16세의 소년장군 안중근이 구월산에 있던 19세의 접장 김 청년, 즉 김구를 방문하여 동학군에서 빠져나올 것을 권고했다고 서술하였다. 또한 안중근의 의기에 감동한 김구도 청계동을 방문하기로 약속했다고 했다. 그 결과 김구는 '무익한 항전'을 그만 두기로 결심했고, 이후 안중근과 김구 두 사람은 둘도 없는 벗이 되어 광복의 큰 사업에 헌신했다는 것이다.

한편 김구는 안중근이 이토 히로부미를 쏜 이후 안중근 가문과의 인연을 다시 이어가게 된다.

중국으로 건너가 독립운동에 투신한 후에 김구는 안중근의 가족과 함께 활동하였다. 안중근의 동생인 안정근(安定根, 1884~1949)과 안공근(安恭根, 1899~1939)은 러시아를 거쳐 중국에서 활동했으며, 특히 안공근은 김구의 최측근으로 활약했다. 또한 안정근의 딸 안미생(安美生)은 김구의 맏아들 김인(金仁, 1928~1945)과 혼인하였고, 김구의 비서로 그를 수행하기도 했다.

김구가 안중근 가문의 인물들과 이처럼 긴밀한 관련을 맺게 된 데는 여러 가지 이유가 있다. 우선 안중근의 가족이 한반도를 떠날 수밖에 없는 상황이었고, 이들이 독립운동에 필요한 능력을 갖추고 있었다는 점을 들 수 있다. 그렇지만 한편으로는 안중근이라는 이름이 갖는 상징성도 무시할 수 없는 비중을 차지했을 것이다. 안중근의 가족이라는 이유로 이들은 자연스럽게 독립운동의 핵심에 자리할 수밖에 없었고, 김구 또한 당연히 이런 점을 고려했다고 볼 수 있다.

현실적인 상황을 고려하지 않더라도, 김구는 안중근에게 특별한 존경의 뜻을 품고 있었다. 충칭(重京)으로 옮겨간 중국정부를 따라 난징(南京)을 떠날 즈음에 김구는 안공근에게 특별한 명령을 내린다. 위험한 곳에 머물고 있는 안중근의 부인을 구해 오라는 것이었다.

나는 안공근을 상하이로 파견하여 자기의 가솔과 안중근 의사의 부인인 큰형수를 기어이 모셔오라고 거듭해서 부탁했다. 그런데 공근은 자기의 가속(家屬)만 거느리고 왔을 뿐 큰형수는 데려오지 않았다. 나는 크게 꾸짖었다.

"양반의 집에 화재가 나면 사당에 가서 신주(神主)부터 안고 나오거늘, 혁명가가 피난하면서 부인을 왜구의 점령구에 버리고 오는 것은 안군 가문의 도덕에는 물론이고 혁명가의 도덕으로도 용인할 수 없는 일이다. 또한 군의 가족도 단체생활 범위 내에 들어오는 것이 생사고 락을 같이하는 본의에 해당되지 않는가?"

그러나 공근은 자기 식구만 충청으로 이주하 게 하고 단체 편입을 원치 않았으므로 본인의 뜻에 맡겼다.

<백범일지>에서는 자기의 가족만 거느리고 돌 아온 안공근을 비난하고 있지만, 안공근이 노력 한다고 해서 김구의 명령을 수행했으리라고 볼 만한 근거는 없다. 이 사건을 계기로 안공근은 김구와 갈라서게 되는데, 안공근의 입장에서는 억울할 수도 일이었다. 다만 여기서 김구가 안 중근을 '사당의 신주'와 같다고 할 정도로 높이 인식하고 있었음을 확인할 수 있다.

두 영웅은 그렇게 스쳐지나가듯 인연을 맺는 다. 안중근은 옥중 수기에서 백범의 이름을 거 론하지 않았다. 백범은 임시정부 시절에 두 아 들에게 유서를 쓰는 심경으로 <백범일지>를 쓰 면서 안중근의 모습을 추모했다. 백범 선생은 안중근 의사의 거사를 매우 높게 평가했다.

대한민국임시정부 주석 김구 선생은 조국에 돌아와서 효창공원에 순국선영들의 영혼을 모

셨다. 조국 광복을 위해 기꺼이 목숨을 바친 이
봉창· 윤봉길· 백정기 의사의 유해를 고국 땅으
로 모시어 1946년 7월 효창공원의 중심지인
옛 문효세자 묘터에 국민장으로 안장했다.
  그리고 그곳에 아직까지도 유해를 찾지 못한
안중근 의사의 묘를 나란히 모셨다.

3장
안중근의 가문 천주교에 입문하다

  동학군과의 싸움을 마친 후 안중근의 집안은 큰 어려움을 겪게 된다. 안중근은 토사구팽(兎死狗烹)의 고사를 앞세워 이 사건의 경과를 기록하였다.

  다음 해[을미년(1895년)] 여름 두 사람의 손님이 찾아와서 아버지에게 말했다.
  "작년전쟁 때 실어온 천여 포대의 곡식은 동학당의 물건이 아니오. 본래 절반은 지금 탁지부대신 어윤중(魚允中) 씨가 사두었던 것이며, 절반은 전 선혜당상(宣惠堂上) 민영준(閔泳駿) 씨의 농장에서 추수해 들인 것이오. 지체하지 말고 그대로 돌려 드리시오."
  아버지는 웃으며 대답하셨다.

"나는 이 씨와 민 씨 두 분의 쌀은 잘 모르오. 동학당의 진중(陣中)에 있던 것을 빼앗아왔을 뿐이니, 그대들은 이처럼 이치에 닿지도 않는 말은 하지 마시오."

두 사람은 아무런 대답도 없이 떠났다.

어느 날 경성에서 급한 편지 한 통이 왔다.

그 편지의 내용은 다음과 같았다.

"지금 탁지부대신 어윤중과 민영준 두 사람이 잃어버린 곡식을 찾을 욕심으로 황제 폐하께 거짓을 아뢰고 있습니다. '안모(安某)가 막중한 국고로 사둔 쌀 천여 포를 제멋대로 훔쳐갔습니다. 그 쌀로 수천 명의 병사들을 키우고 있습니다. 음모가 있는 듯하니, 군대를 보내 진압하지 않으면 국가의 큰 근심거리가 될 것입니다'라는 등으로 아뢰어, 바야흐로 군대를 보낼 계획을 하고 있습니다. 그리 알고 빨리 올라와서 선후 방침을 도모하도록 하십시오."

전 판결사(判決事) 김종한(金宗漢)이 보낸 편지였다.

아버지는 그 편지를 읽자마자 길을 떠나셨다. 경성에 이르러서 보니 과연 그 편지와 같았다. 법관에게 사실을 호소하고 여러 번 재판을 했지만, 끝내 판결이 내려지지 않았다. 김종한 씨가 정부에 이렇게 제의했다.

"안모는 본래 도둑이 아닙니다. 의병을 일으켜 도적을 토벌했으니 국가의 큰 공신입니다. 마땅히 그 공훈을 표창해야 할 일이거늘, 도리어 이치에 맞지 않는 부당한 말로 모욕하는 것이 옳겠습니까?"

그러나 어윤중은 끝내 듣지 않았다. 그런데 뜻밖에도 민란을 만나서 어윤중이 난민(亂民)의 돌에 맞아 죽으니, 그의 계교도 끝나고 말았다.

독사가 물러가면 맹수가 다시 나오는 법이다. 이때 민영준이 다시 일을 벌여 해치려 들었다. 민영준은 세력가라 일은 위급했다. 꾀와 힘으로는 어쩔 수 없는 형세가 되었다. 아버지는 프랑스 사람의 천주교당에 들어가 몇 달 동안 자취를 숨겼다. 다행히 프랑스 사람들의 도움을 받았고 민영준의 일도 완전히 끝나 무사하게 되었다.

그동안에 아버지는 교당 안에 오래 머물며 강론도 많이 듣고 성서도 널리 읽으셨다. 진리에 감동하여 입교하셨다. 그리고는 복음을 전파하고자 교회의 박학사(博學士) 이 바오로(李保祿)

와 함께 많은 경서를 싣고 고향으로 돌아왔다.

 안중근이 기록한 '토사구팽' 사건은 실제로 1년이 넘는 동안 계속되었다. 김종한은 사건의 해결을 위해 꾸준히 노력했으며, 그 결과 심상훈이 탁지부대신으로 있던 7월 7일에 일단 사건이 해결되었다. 안태훈이 의병을 일으켜 세운 공로가 분명하고 적에게서 노획한 곡식을 군수품으로 사용한 연유가 보고되었으므로 정부에서는 원래 누구의 곡식이었다 하더라도 안태훈에게 돌려달라고 요구할 수 없다는 결론을 내렸던 것이다. 안태훈과 김종한의 주장이 받아들여진 셈이다. 게다가 1896년 아관파천 직후 피신하던 어윤중이 사망했기 때문에 이후 탁지부에서는 이 결정을 되돌리려는 태도를 보이지 않았다.
 그런데 이것으로 문제가 완전히 해결된 것은 아니었다. 김수민(金壽民)이라는 상인이 탁지부대신에게 이 문제에 관한 소장을 올리고자 했는데, 안태훈은 1896년 8월 16일 황해도 관찰부의 어떤 인사에게 부탁하는 편지를 내는 등으로 노력해야 했다. 아마도 상인 김수민의 뒤

에는 권력자 민영준이 있었을 것이며, 상대가
그라면 어윤중과 같은 방식으로 해결하가는 어
려웠을 것이다.

민영준은 안 진사를 궁지로 몰아넣었다. 막다
른 골목길에서 개가 달려드는 형국이었다. 그
어려운 시기에 안 진사가 몸을 피한 곳이 바로
천주교당이었다. 이 인연으로 안 진사는 천주교
의 세계에 눈을 뜨게 되었다.

안태훈은 그 해결책으로 프랑스의 천주교 세
력을 이용하는 방법을 택한 것으로 보인다. 안
중근이 언급한 '천주교당'은 종현성당(鍾峴聖
堂), 즉 오늘날의 명동성당일 것이다. 종현성당
에 몸을 숨기고 도움을 받음으로서 이 문제는
해결될 수 있었다. 천주교 측에서 어떤 도움을
주었는지 알 수 없지만, 당시 천주교 측의 힘이
민영준의 압박에 대항할 수 있을 만한 것이었
음은 사실인 듯하다.

일이 마무리되자 허탈감이 몰려왔다. 국가에
대한 충성심으로 열악한 환경에서 정부군을 대
신해 동학군을 빙자한 폭도들을 진압한 결과는
참담했다. 숨어서 사는 동안 분통이 터지는 심
경을 달래기 위해 접한 성경과 천주교 신부들

들의 강론은 상처 난 그의 가슴을 어루만져 주었다.

안태훈의 노력으로 많은 청계동 사람들이 세례를 받고 천주교 신자가 되었다. 1897년 1월 안태훈 일족을 포함한 청계동 주민 33명이 세례를 받았고, 같은 해 부활절에 다시 66명이 세례를 받았다. 안태훈 가문에서는 제사 문제로 천주교를 받아들이지 않은 안태진(安泰鎭) 정도만을 제외하면 거의 모든 사람이 세례를 받은 셈이었다. 개화사상을 품었던 선비 안태훈이 이렇게 자신 및 친족의 기반을 천주교로 전환한 것이었다.

안중근이 세례를 받아 정식으로 천주교 신자가 된 시기는 1897년 1월이다. 그는 아버지 안태훈을 따라 천주교에 입교했다. 안태훈은 당시의 정치적 상황 등까지 고려하여 입교를 결정했지만, 안중근이 입교하게 된 동기 중에 정치적이나 사회적인 문제에 대한 고려는 없었을 것이다. 그 때문인지 안중근의 활동은 적극적이면서도 열정적이었다.

안중근에게 세례를 준 인물은 빌렘(Nicolas

Joseph Mare Wihelm, 1860~1938) 신부이다. 홍석구(洪錫九)라는 한국식 이름을 가진 그는 독일과 프랑스의 국경 지대인 알자스로렌의 슈파이헤른(Speichem)에서 태어났다.

알자스로렌이라는 지역은 특별한 곳이다. 이곳은 원래 프랑스령이었는데 보불전쟁을 거친 1871년 독일제국에 병합되었고, 1919년에는 베르사유회담을 통해 프랑스에 병합되었다. 그러면서도 독자적인 언어와 문화를 가진 지역이었다. 알퐁스 도데((Alphonse Daudet)의 소설 <마지막 수업>에는 '마지막 프랑스어 수업'의 슬픈 광경이 묘사되어 있지만, 사실은 프랑스와 독일이라는 강대국 사이에서 자신의 언어와 문화를 힘겹게 지켜야 했던 매우 슬픈 역사를 가진 땅이다. 1860년생인 빌렘 신부는 이러한 상황과 역사를 직접 체험한 인물이었다.

그는 1881년 파리외방전교회에 입회하여, 1883년 사제 서품을 받고 페낭신학교의 교수가 되었다. 이후 1889년 한국에 입국하여 제물포(인천)와 평양에 머물렀고, 1896년에는 황해도 안악군에서 활동하고 있었다. 안태훈이 근방에서 활동하던 빌렘 신부에게 청계동에서의 공소

개설을 요청했고, 이에 빌렘 신부는 청계동으로 와서 세례를 주었다. 그리고 1898년 4월에 이르면 청계동본당이 설립되면서 빌렘신부는 그곳에서 활동하게 된다.

그는 자신의 신앙에 대해 자서전에 이렇게 적었다.

성경을 받고 교리 토론 등을 하면서 여러 달이 지나자 신덕이 차츰 굳어지고 독실히 믿어 의심치 않게 되었다. 천주 예수 그리스도를 숭배하며 지내는 사이에 날이 가고 달이 가서 몇 년이 지나갔다. 교회의 사무를 확장하기 위해 나는 빌렘 신부와 함께 여러 곳을 돌아다니면서 사람들에게 권하고 전도도 하였다.

안중근은 그의 자서전에 천주교에 대해서는 상대적으로 길게 서술을 해놓았다. 특히 안중근이 군중들에게 한 연설은 장문의 연설로서 자서전을 통틀어 제일 길었다. 그는 천주교를 통해서 민중들의 마음을 돌리고 싶어 했다. 암울한 시대에 종교는 한 대장부의 가슴에 빛을 던져 주었다.

안중군이 천주교를 전도하기 위해 한 연설 중에서 한 대목을 살펴본다.

 무릇 하늘과 땅 사이의 만물 가운데 사람이 가장 귀하다고 하는 까닭은 사람만이 영혼이 있기 때문입니다. 혼에는 세 가지가 있습니다. 첫째는 생혼인데 이것은 초목으로 생장하는 혼입니다. 둘째는 각혼인데 이것은 짐승의 혼으로 지각하는 혼입니다. 셋째는 영혼인데 이것은 사람의 혼으로 생장하고, 자각하고, 옳고 그름을 분별하고, 도리를 토론하고, 만물을 맡아 다스릴 수 있는 혼입니다. 그렇기 때문에 사람이 가장 귀하다고 하는 것입니다.
 그렇다면 천주는 누구입니까? 한 집안에는 그 집 주인이 있고, 한 나라에는 임금이 있듯이, 이 천지 위에는 천주가 계시니, 시작도 없고 끝도 없는 삼위일체(성부 성자 성신으로 그 뜻이 깊고 커서 아직 깨닫지 못하였다)로서 전능 전지 전선하고, 지공 지의하여 천지만물 일월성신을 만들어 이루시고, 착하고 약한 것을 상주고 벌을 주시고, 오직 하나요 둘이 없는 큰 주재자인 바로 그분입니다.

어떤 사람들은 천주님께서는 왜 지금 사람들이 살고 있는 현세에서 착하고 악한 것을 상주고 벌주지 않느냐고 묻지만, 그것은 그렇지 않습니다. 이 세상에서 주는 상벌은 한계가 있지만 선악엔 한이 없기 때문입니다.

만일 어떤 사람이 다른 사람을 죽였다고 하여 시비를 가리려고 할 때 그에게 죄가 없으면 그만이고, 죄가 있어도 그 한 사람만을 다스리면 됩니다. 그러나 어떤 사람이 수천만 명을 죽였다면 어찌 그 한 몸으로 죄를 다 갚을 수 있겠습니까? 그리고 만일 어떤 사람이 수천만 명을 살렸다고 한다면 어찌 잠깐 스쳐가는 세상의 영화로 그 상을 다 주었다고 하겠습니까?

더구나 사람의 마음이란 때에 따라 변하는 것이어서 지금은 착해도 다음에는 악한 짓을 하기도 하고, 혹은 오늘은 악해도 내일은 착해질 수도 있는 것입니다. 만일 그때마다 선악의 상벌을 준다면 인류가 보존되기 어려울 것이 분명합니다.

또한, 이 세상의 벌은 다만 몸을 다스릴 뿐이요, 마음을 다스리지는 못하지만 천주님은 상벌은 그렇지 않습니다. 천주님은 전능 전지 전선하시고, 지공 지의하시기에 사람의 목숨을 너그러이 기다려 주셨다가, 세상을 마치는 날 선악의 경중을 심판한 후에 죽지도 않고 사라지지도 않는 영혼으로 하여금 영원무궁한 상벌을 받게 하는 것입니다.

1897년 11월 27일에는 천주교의 조선교구장이었던 뮈텔(Gustave Charles Marie Mutel, 1854~1933) 주교가 빌렘 신부의 인도로 청계동공소를 방문했다. 한국식 이름이 민덕효(閔德孝)인 뮈텔 주교는 이때 안태훈 일가에게 영세를 주었다. 또한 청계동을 떠나 해주로 가는 뮈텔 주교를 안내한 사람은 바로 안중근이었다. 천주교인으로서의 안중근은 그만큼 열성이 넘쳤다.

안중근은 빌렘 신부의 복사(服事)로 활동했다. 복사란 천주교 미사 때 사제를 도와 시중드는 사람을 말하니, 안중근은 빌렘 신부와 지극히 가까운 위치에서 생활했던 셈이다. 그렇다면 스무 살 이후의 안중근에게 가장 큰 영향을 끼친 인물로 빌렘 신부를 꼽는다 해도 지나친 말은 아닐 것이다. 아마도 그 영향은 오늘날 남아 있는 자료로 재구성할 수 있는 것보다 더 크고 깊었을 것이다.

<안응칠역사>에서는 안중근이 빌렘 신부에게 세례를 받고 다묵(多黙)이라는 세례명을 지었다고 기록하고 있다. '다묵'은 도마, 즉 토마스이다. 안중근이 토마스라는 이름을 갖게 된 이유는 무엇일까? 뒷날의 신문 기록에서 안중근은 "그것은 로마에 '토마스'라는 성인이 있어서 아시아까지 나와 종교를 선포한 사람이므로 그 이름을 사용한 것이다"라고 대답했다.

안중근은 자신의 세례명처럼 활발한 선교활동을 벌였다. 뒤에서 살펴보겠지만 그는 목숨을 잃을 위기의 순간에도 선교를 펼쳤다. 빌렘 신부의 복사로 활동하던 시기에는 여러 곳을 돌아다니며 적극적인 활동을 폈다.

2부

민족의 현실에 맞서다

1장
민족이 처한 현실에 눈을 뜨다

안중근은 천주, 즉 신에 대한 믿음이 각별했다. 하지만 안중근은 종교는 믿지만 외국인들은 믿지 않는다는 말을 남기기도 했다. 그것은 자신에게 세례를 준 빌렘 신부와의 불화 때문이었다.

청년 천주교인 안중근에게 가장 큰 영향을 미친 인물은 아마도 빌렘 신부일 것이다. 빌렘 신부와의 관계가 늘 원만치는 않았지만, 두 사람이 서로에 대한 깊은 신뢰를 잃었던 일은 없는 듯하다. 뒤에 살펴보겠지만 안중근은, 구국 운동을 위해 고국을 떠날 때도 빌렘 신부를 찾아가 의논하였고, 세상을 떠나는 마지막 순간에도 그와 만나기를 원했다.

안중근과 빌렘 신부는 선교 활동만 함께한 것

이 아니었다. 안중근은 그에게서 외국어를 배웠고, 동시에 국제 정세나 외국의 동향에 대해서도 들을 수 있었다. 안중근은 그런 배움을 좀 더 넓히기를 원했던 것 같다. 자신뿐만 아니라 다른 젊은이들까지 그러한 기회를 얻으면 좋겠다고 생각했고, 이를 빌렘 신부와 의논했다. 다음은, <안응칠역사>의 한 부분을 옮긴 것이다.

이때 나는 빌렘 신부에게서 몇 달 동안 프랑스어를 배우고 있었다. 나는 빌렘 신부에게 다음과 같이 의논하였다.

"오늘날 한국의 교인들은 학문에 어둡습니다. 그래서 교리를 전하는 데 어려움이 적지 않습니다. 장래의 국가정세야 말하지 않아도 알 만합니다. 민 주교께 아뢰어서 서양의 수사회(修士會)에서 학식 있는 분들을 몇 분 모셔다가 대학교를 세운 뒤에 나라 안의 영특한 젊은이들을 교육한다면, 몇 십 년 이내에 반드시 큰 효과가 있을 것입니다."

계획이 정해지자마자 홍 신부와 함께 서울로 가서 민 주교를 만나 뵈었다. 이 의견을 제출했더니 주교는 다음과 같이 말씀하셨다.

"만약 한국인이 학문을 얻게 된다면, 신앙심이 약해질 염려가 있소. 다시는 이런 의견을 꺼내지 마시오."

거듭 권고했으나 끝내 들어주지 않았다. 어쩔 수 없는 형세여서 고향으로 돌아올 수밖에 없었다. 이때로부터 분한 마음을 참지 못하여 나는 마음속으로 '천주교의 진리는 믿을 만하지만 외국인의 심정은 믿을 수 없다'고 맹세하였다. 그리고 프랑스 말 배우던 것도 그만두었다. 그러자 한 벗이 나에게 물었다.

"무슨 까닭으로 그만두는가?"

"일본어를 배우는 자는 일본의 종놈이 되고, 영어를 배우는 자는 영국의 종놈이 된다. 만약 내가 프랑스 말을 배운다면 프랑스 종놈 신세를 면치 못할 것이다. 그래서 그만둔 것이다. 만약 우리 한국이 세계에 위세를 떨치게 된다면, 세계인이 한국어를 통용하게 될 것이다. 조금도 걱정하지 말게나."

이렇게 대답했더니 그 벗은 말없이 물러났다.

뜻을 이루지 못하고 돌아오는 안중근은 하나의 깨달음을 얻는다. 천주교에서 지향하는 진리는 보편적인 것인데 반해, 천주교인의 국적은 그렇지 않다는 사실이다. 종교의 진리는 공유할 수 있지만, 국가나 민족의 이익은 공유할 수 없다는 깨달음이다. 민족의 현실을 개선하기 위해서는 천주교의 진리를 공유하면서도 천주교에서 제시하는 것 이상의 방도를 스스로 개척해야 한다는 깨달음이다.

안중근이 프랑스어 공부를 그만둔 것은 바로 이러한 깨달음을 실천하기 위한 것이 아니었을까? 아마도 그는 빌렘 신부에게서 얻는 지식 이상의 것을 스스로 찾아 나서야 한다는 생각을 갖게 되었을 것이다.

교인들을 무시하고 억압하는 빌렘 신부와의 마찰도 있었다. 조선인으로서 정당한 요구를 하는 안중근에게 폭력을 가하면서 빌렘 신부는 자신의 권위를 지키려고 하였다. 안중근은 그것이 한국인을 깔보는 처사라고 생각했다

대학 설립 건의가 실패로 돌아가고 프랑스어 학습을 그만둔 이후에도, 안중근이 빌렘 신부와의 관계를 끊은 것은 아니었다. 천주교 선교의 일을 계속했을 뿐만 아니라 사회문제에 대해서도 그의 의견을 경청했다.

세월이 지나 1905년(을사년)이 되었다. 인천 항만에 일본과 러시아의 대포 소리가 크게 울려 동양의 커다란 문제가 일어날 즈음, 이 소식이 이르자 빌렘 신부가 탄식하며 이렇게 말했다.

"한국이 위태롭게 될 것 같구나."

내가 물었다.

"어째서 그렇습니까?"

빌렘 신부가 말했다.

"러시아가 이기면 러시아가 한국을 주관하게 될 것이요. 일본이 이기면 일본이 한국을 관할하려 들 것이다. 어찌 위태롭지 않겠느냐?"

그때 나는 날마다 신문과 잡지, 그리고 여러 나라 역사를 연구하며 읽고 있었다. 그래서 과거와 현재, 그리고 미래의 일들을 미루어 추측했었다.

러일전쟁이 일어나자 빌렘 신부가 안중근에게 이 사건이 한국의 장래에 어떤 결과를 가지고 올지를 이야기하고 있다. 러시아나 일본, 어느 쪽이 이기더라도 한국은 위태로운 형편에 처하게 되리라는 추측이었다. 동아시아 선교를 맡은 빌렘 신부로서는 정세에 예민할 수밖에 없었다. 그런 의미에서 그의 견해는 나름 설득력이 있다고 보아도 좋을 것이다.

안중근이 이에 대해 어떤 반응을 보였는지는 기록하지 않았지만, 훗날의 발언으로 미루어 본다면 일본이 이기는 편이 그래도 한국에 유리하리라고 판단하지 않았을까 추정해볼 수 있다. <동양평화론>을 보면 그러한 판단은 동아시아 3국이 연합해야 동아시아의 평화를 지킬 수 있다는 인식에 기반을 둔 것이기도 하다.

2장
상하이 여행과 아버지의 죽음

1905년 6월 중순경, 안중근은 중국 땅 상하이에 도착했다. 안중근이 중국으로 건너간 이유는 무엇일까? 우선 <안응칠역사>에 기술된 내용을 검토해보자.

일로전쟁(日露戰爭)이 강화를 맺어 끝난 뒤에 이토 히로부미가 한국으로 건너와 정부를 위협하여 5조약을 강제로 맺었다. 삼천리의 강산과 2천만의 인심이 마치 바늘방석에 앉은 것같이 어수선하고 어지러웠다. 그때 아버지는 마음이 답답하고 분하여 병이 더욱 심해졌다. 나는 비밀리에 아버지와 상의하여 다음과 같이 말했다.
"일본과 러시아가 전쟁을 시작할 때 일본은 선전서(宣戰書)에서 '동양의 평화를 유지하고 한국의 독립을 굳건히 한다'라고 했는데, 이제 일본이 이러한 대의(大義)는 지키지 않고 야심적인 침략을 자행하고 있습니다. 이는 모두 일본의 대정치가인 이토의 정략입니다. 먼저 강제로 조약을 맺고, 다음으로는 뜻이 있는 사람들을 없애고, 그 뒤에야 강토를 삼키는 것이 오늘날 다른 나라를 멸망시키는 새로운 방법입니다. 빨리 무엇인가 도모하지 않는다면 큰 화를 입게 될 것입니다. 어찌 속수무책으로 가만히 앉아서 죽기만 기다릴 수 있겠습니까. 지금 거의(擧義)하여 이토의 정책에 반대하고 싶지만, 힘의 차이가 크니 아무런 이익도 없이 헛되이 죽게 될 것입니다.

요즘 들으니 청나라 산둥과 상하이 등지에는 많은 한국인이 살고 있다고 합니다. 우리 집안도 그곳으로 옮겨가 살다가 선후방책(善後方策)을 도모하는 것이 어떻겠습니까? 그리하려면 제가 먼저 그곳에 가서 살펴보고 오는 것이 좋을 듯합니다. 아버님께서는 그동안에 은밀히 짐을 꾸려서 식구들을 진남포로 이끌고 가십시오. 제가 돌아오는 날 다시 의논해서 결행하도록 하십시다."

부자간에 계획을 정하고 나자, 나는 즉시 길을 떠났다. 산둥 지방을 돌아보고 나서 상하이에 도착했다.

안중근은 자신이 먼저 산둥과 상하이로 건너가 무엇을 하려고 했을까? <안응칠역사>에는 그곳에서 생활하던 유력한 한국인들을 만나보려고 했던 흔적을 발견할 수 있다. 산둥에서의 활동은 언급하지 않고, 바로 상하이에서의 일화를 기술하고 있다. 상하이에 도착한 안중근은 우선 두 사람의 한국인을 방문했다.

첫 번째는 민영익이었다. 그는 정치적인 문제로 상하이로 옮겨 살고 있었지만, 여전히 영향력이 큰 인물이었다. 또한 적지 않은 재산을 가지고 있기도 했다. 그래서 일본 측에서는 안중근의 방문 목적이 그와의 협력을 통해 협약의 파기를 꾀하는 데 있었으리라고 의심하기도 했다.

그렇지만 기대와 달리 안중근은 민영익을 만나보지도 못했다. 문지기를 통해 한인(韓人)은 만나지 않겠다는 말만 들었을 뿐이었다. 한국인을 만나지 않으면 어느 나라 사람을 만날 것이

냐며 나무라고, 나라가 위급하게 된 죄가 대관(大官)들에게 있어서 부끄러워 그런 것이냐고 비꼬아보았지만 아무런 효과가 없었다.

뒷날 안중근이 재판을 받을 때 재판 비용을 댄 인물 가운데 민영익의 이름이 등장한다는 점은 상당히 흥미롭다. 상황이 달라졌기 때문이었을까? 아니면 전날 만나주지 않았던 데 대한 반성의 의민일까? 어쩌면 민영익은 과거에 안중근이 자신을 찾아왔던 일조차 기억하지 못했을지도 모른다. 민영익을 위해 변명한다면, 안중근이라는 인물을 믿을 수 있다고 판단할 만한 근거가 1905년 시점에는 없었다고 볼 수도 있다. 상하이라는 공간이 도피 생활 중인 민영익에게 그리 안전한 곳이 아니었을지도 모른다. 그 밖에 숨겨진 또 다른 이유가 있을 지도 모를 일이다.

안중근이 상하이에서 찾아간 다른 한 사람은 서상근(徐相根)이다. 그는 상인으로 인천 출신의 부자이며, 이용익과 함께 쌀장사를 한 경력이 있다는 정도가 알려진 인물이다. 안중근은 그와 어떻게 만나게 되었을까? <안응칠역사>의 기록을 살펴보자.

그 후에 나는 서상근을 방문했는데, 대면해서 말했다.

"오늘날 한국의 정세는 아침 아니면 저녁에 망할 정도로 위태합니다. 어찌하면 좋겠습니까? 어떤 계책이 있습니까?"

서상근이 답했다.

"그대는 한국의 일을 내게 말하지 마시오. 나는 일개 상민(常民)일뿐입니다. 나는 몇 천만 원을 정부의 대관들에게 빼앗기고 피신하여 여기에 온 사람입니다. 게다가 국가니 정치니 하는 것이 민인(民人)들과 무슨 관계가 있겠습니까?"

나는 웃으며 답했다.

"그렇지 않습니다. 그대는 하나만 알고 둘은 모르시는군요. 만약 인민이 없다면 국가가 어찌 존재할 수 있겠습니까? 또한 국가란 몇 사람 대관들의 것이 아닙니다. 당당한 2천만 민족의 국가입니다. 만약 국민이 국민의 의무를 행하지 않는다면, 어찌 민권과 자유를 얻을 수 있겠습니까? 오늘날은 '민족의 세계'입니다. 무슨 까닭에 한국 민족만이 남들의 밥이 되는 것을 달게 여기고 있겠습니까? 앉아서 멸망을 기다리는 것이 과연 옳겠습니까?"

서상근이 답했다.

"그대의 말은 비록 옳지만, 나는 다만 상업으로 입에 풀칠이나 할 따름입니다. 정치이야기는 다시 꺼내지 마십시오."

나는 거듭 말했지만, 도무지 들어주려 하지 않았다. 이른바 "쇠귀에 경 읽기"와 한가지였다.

서상근은 자신은 장사꾼일 뿐이므로 정치에는 관심이 없다고 했다. 관리들에게 큰돈을 빼앗긴 경험도 있기 때문에 그런 말을 듣고 싶지도 않다고 했다. 안중근은 끝내 서상근을 설득하지 못하고 돌아왔다. 민지(民志)가 이런 정도이니 국가의 앞날이 어찌 될지는 뻔하다는 탄식도 해보았다. 그러나 어쩔 도리가 없었다.

여기서 서상근이 국민으로서의 의무를 저버렸다고 비판하는 것은 손쉬운 일이다. 그러나 그에게는 '개인의 삶'이라는 문제가 더 큰 것이었을지도 모른다. 안중근이 당시의 현실을 '민족의 세계'라고 규정하고 있지만, 서상근은 이런 민족 단위의 생존 경쟁 이전에 자기 개인의 생존이 더 급박한 문제라고 말하고 있다. 두 사람은 지향점이 달랐던 셈이다.

울적한 기분으로 안중근이 찾은 곳은 천주교당이었다. 그런데 그곳에서 안중근은 뜻밖의 인물과 만나게 된다. 바로 황해도에서 활동하여 친분이 있는 르 각(Charles Joseph Ange Le Gac, 1876~1914) 신부였다. 그의 한국식 이름은 곽원량(郭元良)이다. 1903년 해서사핵사 이응익이 문제 삼았던 '곽 교사'가 바로 이 사람이다.

안중근은 르 각 신부에게 자신의 상황과 계획을 설명했다. 참담한 현재 상황에서 할 수 있는 일이 없다는 것, 그래서 부득이 외국으로 이주하게 되었다는 것, 한편으로는 재외동포들과 연계하고 한편으로는 외국에 억울한 사정을 설명하여 동감을 받고자 한다는 것, 그러다가 때가 이르렀다고 판단되면 한 번 거사해보고자 한다는 것, 안중근은 이를 통해 자신의 뜻을 이룰 수 있으리라고 이야기했다.

천주교인 안중근은 신부의 말을 경청했다. 그런데 르 각 신부는 안중근의 계획에 반대했다. 신부는 우선 해외로 이주한다는 것이 잘못된 계책이라고 지적했다. 모두가 그렇게 한다면 나라 안이 비어버릴 것이라고 했다. 프랑스가 독일에게 잃은 땅을 되찾지 못한 이유도 그 땅에 살던 뜻있는 사람들이 다른 곳으로 이주해 버렸기 때이라는 점을 예로 들었다. 재외동포들은 따로 꾀하지 않더라도 함께 일할 수 있으며, 열강들은 비록 참상을 불쌍히 여긴다 하더라도 다른 나라를 위해 나설 리가 없다고 했다.

르 각 신부는 이어서 네 가지의 일에 힘쓸 것을 제안했다. 그것은 교육 발달(敎育發達), 사회 확장(社會擴張), 민지 단합(民志團合), 실력 양성(實力養成)이었다. 이 네 가지를 이룰 수 있으면, 강토나 조약 같은 문제는 오히려 쉽게 해결될 수 있다고 했다. 안중근은 르 각 신부의 권고를 실행하리라 마음먹고 진남포로 향하는 배에 올랐다.

안중근이 진남포에 도착한 때는 1905년이었다. 집안 소식을 들으니 그 사이에 가족들이 청계동을 떠나 진남포에 도착했다고 했다. 그런데 아버님이 도중에 병세가 깊어져 세상을 떠나셨고, 가족들이 다시 청계동으로 가서 아버님의 장례를 치렀다고 했다. 소식을 듣고는 통곡하며 여러 차례 혼절했다. 다음 날 청계동에 이르러 상(喪)을 차리고 예를 지켰다. 며칠 동안의 예를 마친 뒤에는 가족과 함께 그 겨울을 보냈다. 이때 나는 술을 끊어야겠다고 마음속으로 다짐했다. 대한독립이라는 목표에만 집중하기로 한 것이다.

가문을 이끌던 안태훈이 어떤 병으로 세상을 떠났는지는 알 수 없다. 다만 안중근이 상하이로 떠나던 시점에도 건강한 상태는 아니었던 듯하다. 1903년의 도피 생활 이후에 병이 점차 악화된 것이 아닐까 짐작할 수 있을 뿐이다.

상하이 여행에서 돌아온 안중근은 새로운 상황에 놓이게 된 셈이다. 르 각 신부의 권고를 통해 앞으로의 활동 지침을 얻었지만, 한편으로는 그동안 가문을 이끌어오던 아버지를 잃은 것이다.

3장
교육자의 길

1906년 3월 안중근은 진남포에 양옥 한 채를 짓고 가족과 함께 이사하였다. 평안도 남서쪽 끝자락에 자리 잡은 진남포는 중국행 선박들이 드나드는 교통의 요지이다. 안중근이 중국으로 건너갈 생각으로 가족을 이끌고 와달라고 안태훈에게 부탁했던 바로 그곳이었다. 외국으로 이주할 계획은 포기했지만, 안중근은 원래의 계획대로 이곳에 자리를 잡았다. 르 각 신부의 권고에 따라 활동을 펼치기 위해서는 청계동보다 넓은 활동 무대가 필요했을 것이다.

진남포에서 안중근이 착수한 첫 번째 일은 학교 설립이었다. 과거 뮈텔 주교에게 대학 설립을 청원했던 점을 생각해보면 감회가 깊은 사건이었을 수도 있겠지만, 뜻밖에도 학교 운영에 대한 <안응칠역사>의 기록은 매우 간단하다. 일이 안정된 후 집안의 재산을 기울여 학교 두 곳을 설립하였는데 하나는 삼흥학교(三興學校)이며, 다른 하나는 돈의학교(敦義學校)였다. 학교 일을 맡아서 재주가 뛰어난 청년들을 교육했다.

이들 학교의 규모나 설립 경위, 교육 내용이 어떠했는지는 따로 언급하지 않았다. 하지만 다른 몇 가지 기록을 통해 대략의 내용은 짐작할 수 있다.

삼흥학교의 삼흥은 '사흥(士興), 민흥(民興), 국흥(國興)'을 뜻하는 말이다. 선비와 백성, 그리고 나라의 셋이 모두 흥성하기를 기대하는 이름이다. 삼흥학교의 교과 내용은 확인되지 않았지만 그 가운데 영어가 중요한 과목으로 포함되어 있었음은 확인할 수 있다, 안중근은 이 학교의 운영을 위해서 많은 노력을 했다.

안중근은 1907년에는 평양에서 석탄상을 운영했다. 이때 일본인의 방해로 가세가 기울었다. 그 어려운 형편에도 국채보상운동에 참여했다. 그리고 의병으로 참가하여 군인의 길을 떠나게 된다. 안중근이 무장투쟁의 필요성을 절감하게 된 것은 바로 이토 히로부미 때문이었다.

이토는 조선 통감으로 부임하자, 자신을 번거롭게 하는 고종을 폐위시키고 군대를 해산시켰다. 이것은 안중근의 생에 있어서 가장 극적인 전환점이었다. 신의 자비와 사랑을 구하였고, 교육을 통해 민중을 인도하고 싶었고, 사업을 해서 재력을 키우고 싶었지만 풍전등화의 조국의 현실은 일촉즉발의 위기 상황이었다. 그때 자신이 할 일을 안중근은 무장투쟁에서 찾았다. 이때의 심경을 안중근은 이렇게 적었다.

1907년이었다. 이토 히로부미가 한국에 와서 강제로 7조약을 맺고, 광무 황제를 폐하고 군대를 해산시켰다. 이에 2000만 백성이 일제히 분발하여 곳곳에서 의병들이 벌 떼처럼 일어나니 삼천리강산에 대포소리가 크게 진동하였다.

나는 급히 행장을 차려 가지고 가족들과 이별하고 북간도로 향했다. 그러나 그곳에 가보니 그곳에도 일본군이 방금 도착하여 주둔하고 있어 어디고 발붙일 곳이 없었다.

다시 그곳을 떠나 몇 달 동안 각 지방을 돌아보다가 러시아 영토에 들어가 엔치야라는 곳을 지나 블라디보스토크에 이르렀다 그 항구에는 한국인 4~5천 명이 살고 있었고, 학교도 몇 개 있었으며 청년회도 있었다. 나도 청년회에 가입하여 임시 사찰이라는 자리를 맡았다.

허락도 없이 사담(私談)을 하는 사람이 있어서, 내가 규정에 의해 그것을 금지시켰다. 그랬더니 그 사람이 화를 내며 내 귓가[耳邊]를 여러 번 때렸다. 여러 회원들이 말리며 화해하기를 권했다. 나는 웃으면서 그 사람에게 말했다. "오늘날 이른바 단체[社會]라는 것은 사람들의 힘을 합하는 것을 위주로 하는데, 이처럼 다툰다면 어찌 부끄러운 일이 아니겠소? 시비(是非)를 따지지 말고 화합하는 것이 어떻겠소?"

모두가 좋다고 칭찬하며 폐회하였다. 나는 그후에 귓병을 얻었는데, 몇 달 동안 몹시 앓은 뒤에야 차도가 있었다.

사람들의 힘을 모으는 일, 즉 화합이 가장 중요한 덕목이라는 것이 안중근의 생각이었다. 그는 화합을 위해 스스로를 낮추는 겸양의 덕을 갖추어야 한다고 지적했는데, 이 일화에서는 그런 자세를 실제로 보여주고 있는 셈이다.

3부

독립을 향한 여정

1장
블라디보스토크의 거물

블라디보스토크에서의 활동을 시작한 안중근은 11월에 그곳의 유력인사 한 사람을 만난다. 그는 바로 이범윤(李範允, 1856~1940)이었다. 이범윤은 1903년에 간도 관리사로 부임했으며, 러일전쟁 때는 1천 명 규모의 충의병(忠義兵)을 조직하여 함경도 국경 일대에서 전투를 벌였던 안시모프(Ansimov) 장군 휘하의 러시아군을 도왔다. 전쟁 이후 안시모프 장군은 무장 해제를 명령하며 만주 지역에서 철수할 것을 요구했다. 이를 받아들인 이범윤은 노보키예프스키로 이동했는데, 700여 명이 그와 동행하였다. 이범윤은 노보키예프스키 등지의 한인들에게서 지원을 받았을 뿐만 아니라, 러시아 정부로부터 러일전쟁에서의 공로를 인정받아 훈장을 받기도

했다.

이범윤은 일본군과의 전투 경험을 가진 병력을 보유하고 있을 뿐 아니라 명문가 출신이기도 했다. 그는 흥선대원군의 신임을 받던 무관 이경하(李景夏, 1811~1891)의 아들이자, 러시아공사를 지낸 이범진(李範晉, 1852~1910)의 동생이었다. 또한 헤이그에 파견되었던 밀사의 한 사람이자 이범진의 아들인 이위종(李瑋鍾, 1887~?)의 숙부이기도 했다. 이는 이범윤이 한국과 러시아에 상당한 인맥을 보유하고 있다는 의미로 해석할 수 있다.그는 일본 측에서도 주목할 수밖에 없는 블라디보스토크의 거물이었던 것이다.

이 땅에는 이범윤이라는 인물이 있었다. 이 사람은 러일전쟁 이전에 북간도 관리사로 선발되어, 청나라 군사들과 여러 번 교전한 바 있다. 러일전쟁 때는 러시아 군대와 힘을 합쳐 싸웠고, 러시아 군대가 패하여 돌아갈 때 함께 러시아 땅으로 건너와 지금까지 이곳에 머물고 있다. 나는 그를 찾아가서 말했다.

"각하께서는 러일전쟁 때 러시아를 도와 일본

을 쳤습니다. 이는 '역천(逆天)'이라 할 수 있습니다. 왜 그럴까요? 그때 일본은 동양의 대의를 내걸고서 '동양평화의 유지'와 '대한독립의 공고'라는 뜻을 세계에 선언한 뒤에 러시아를 성토하였습니다. 이것은 이른바 '순천(順天)'이어서 큰 승리를 얻을 수 있었던 것입니다.

그런데 만약 지금 각하께서 다시 의병을 일으켜 일본을 성토한다면, 이것은 '순천'이라 할 수 있습니다. 왜 그럴까요? 오늘날 이토 히로부미는 자신의 공을 믿고 망령되어 자존자대(自存自大)하고 방약무인(傍若無人)하여 교만과 악행이 극에 달했습니다. 임금을 속이고 뭇 백성을 함부로 죽였으며, 이웃 나라와의 우의를 끊고 세계의 신의를 저버렸습니다. 이는 이른바 '역천'입니다. 어찌 오래 갈 수 있겠습니까?

'해가 뜨면 이슬이 사라지는 것이 이치이며, 해가 지면 반드시 기우는 것이 이치에 맞다'는 말이 있습니다. 이제 각하께서 황상(皇上)의 성은을 받고서 국가가 이처럼 위급한 때를 당하여서 수수방관한다면 옳은 일이겠습니까? 하늘이 내려주는데도 받지 않는다면 도리어 그 재앙을 받을 것이니, 각성하지 않을 수 있겠습니까? 원컨대 각하께서는 속히 대사를 일으켜 시기를 놓치지 마십시오."

이범윤이 말했다.

"말은 이치에 맞지만, 재정(財政)과 군략(軍略)을 도저히 갖출 수 없으니 어찌하겠는가?"

내가 말했다.

"조국의 흥망이 조석(朝夕)에 있는데, 가만히 앉아서 기다린다고 재정과 군략이 하늘에서 떨어지겠습니까? 하늘과 사람에 순응하기만 하면, 무슨 어려움이 있겠습니까? 이제 각하께서 거사를 결심하신다면, 비록 재주는 없지만 저도 조그마한 힘이나마 보태고자 합니다."

이범윤은 머뭇거리며 결정을 내리지 못했다.

황제의 성은을 굳이 이야기하지 않더라도, 이범윤 또한 의병을 일으킬 마음이 없지는 않았을 것이다. 그렇지만 문제는 돈과 무기였다

안중근 또한 재정 문제에 대해 의식하고 있었을 것이다. 하지만 그에게도 내놓을 수 있는 돈은 없었다. 그래서 이를 위해 준비가 필요하니 우선 노력해보자고 할 뿐이었다. 어느 날 갑자기 하늘에서 돈이 내려오는 기적을 바랄 수는

없는 일이니, 우선 결심을 하고 준비를 해보자는 말이었다. 이범윤이 머뭇거렸다고 했지만, 그의 마음 또한 움직였을 것이다. 얼마 후 이범윤이 안중근을 포함한 의병대의 대장이 된 것을 보면 그렇게 생각할 수 있다.

안중근은 이범윤과의 면담에 이어 엄인섭과 김기룡(金起龍)을 만나 의형제를 맺었다. 이들을 만난 때도 겨울 무렵이었을 것이다. 안중근은 이들 두 사람에 대해 "출중한 담략(膽略)과 의협(義俠)이 있다"라고 평가했다. 세 사람은 나이에 따라 의형제를 맺었다. 엄인섭, 안중근, 김기룡의 순서였다.

안중군이 엄인섭, 김기룡과 의형제를 맺었다는 것은 최재형과 깊은 관계를 갖게 되었다는 뜻으로 해석할 수도 있다. 1909년까지도 이들 두 사람은 최재형의 측근으로 분류되었기 때문이다. 그렇지만 안중군은 후에 일본 측의 신문을 받으면서 최재형과는 특별한 관계가 아니라고 진술했다.

최재형과는 작년(1908년) 여름에 알게 되었다. 굳이 동기라고 말할 것은 없고 그곳에서는 유명한 부자이므로 알게 되었다. 군량, 자금 같은 것도 그곳의 한민(韓民)이 부담하였으니, 결코 이 한 사람(최재형)의 부담이 아니다.

이때 안중근은 이범윤· 이강· 유진율(俞鎭律, 러시아식 이름은 니콜라이 유가이) 안창호 등과의 관계에 대한 답변을 했는데, 특히 최재형에 대해서는 '부자'로 한정하면서 언급하고 있다. 이어진 공술에서는 "러시아에 입적한 사람이며 한국을 생각하는 지성(至誠)은 우리와 같지 않다"라고 했는데, 이는 오늘날 밝혀진 최재형의 사상이나 활동과는 상당한 차이가 있다. 듣는 위치에서는 뭔가 숨기려고 하는 것이 아닐까 의심할 법도 한 진술이다.

최재형 그는 어떤 인물인가? 그는 함경북도 경원군에서 노비의 아들로 태어났다. 아홉 살에 부모를 따라 두만강을 건너고, 러시아 학교의 첫 번째 한인 입학생이 되었다. 가출한 채 선원이 되어 상트페테르부르크까지 다녀왔고, 이후에는 상업에 종사하기도 했다. 어려운 환경에서 성장했지만, 그런 계기로 익히게 된 러시아어와 러시아 문화를 자산으로 하여 통역으로 일해

성공했다. 그 결과 오늘날의 면장 정도에 해당하는 '도헌(都憲)'의 지위를 얻고, 러시아 황제의 대관식에 참석하는 기회를 얻기도 했다. 그리고 이러한 지위와 경험을 바탕으로 군대에 육류를 납품하는 상인으로 활동함으로써 상당한 자산을 모았다.

최재형은 부자로서의 경제력이나 관리로서의 지위에 만족한 인물이 아니었다. 러일전쟁에 참여하기도 했던 그는 전쟁 이후 노보키예프스키로 들어온 이범윤에게 재정적인 지원을 아끼지 않았다. 다른 한편으로는 러시아에서 나름의 지위를 굳힌 이범진과 연계하는 활동을 모색하고 있었다. 이범윤이 망명한 한인을 대표하는 인물이라면, 최재형은 블라디보스토크 정착 한인들을 대표하는 인물이었다

<안중근혈투기>에서는 러시아의 한인교포를 대일무력파(對日武力派)와 자중파(自重派)로 분류한다. 대일무력파, 즉 급진파의 주요 인물로 이범진 이위종· 이범윤· 김두성 등을 들었고, 자중파의 주요인물로는 최재형과 최봉준(崔鳳俊)을 들었다. 이 분류에서 지칭한 대일무력파는 대부분 망명 인사들이며, 자중파는 정착 한

인들이다. 안중근은 양쪽 모두에게 조국을 위한
활동을 호소했던 것이다.

2장
의병을 이끌고 두만강을 건너다

　1908년에 접어든 시점, 안중근은 연해주 일대
에서 본격적인 활동을 벌여 나갔다. 우선 블라
디보스토크의 한인들이 '국가'를 위한 활동에
나서도록 설득하는데 힘썼다. 그리고 엄인섭,
김기룡 등과 함께 각지를 돌아다니며 연설을
했다. 의병에 참여할 사람과 군자금을 모으기
위해서였다. 이렇게 결성되었을 의병이 전쟁에
나서는 장면을 서술하는 첫머리에서 안중근은
의병대의 구성을 언급한다.

　그때 김두성과 이범윤 등이 모두 함께 의병을
일으켰다. 이들은 전일에 이미 총독(總督)과 대
장(大將)으로 선임된 사람들이다. 나는 참모중
장(參謀中將)의 직책에 선임되었다.

안중근의 의병 부대는 모든 준비를 마치고 두 만강을 건너 낮에는 숨고 밤에는 행군했다. 러시아 측에서는 1908년 4월 무렵에 연해주의 한국인 의병이 무산, 회령을 공격하여 두만강 상류 일대를 장악하고 한국 내의 의병들과 합류할 계획을 세웠다고 파악하고 있었다. 600여 명의 의병이 해로로 청진과 성진 사이의 해안에 상륙하는 동안, 안중근 등 300여 명의 의병은 육로를 통해 무산으로 향하고 있었다.

<안응칠역사>에는 안중근이 의병과 의견 대립을 빚는 사건이 하나 제시되어 있는데, 이를 통해 엄인섭 또는 여타의 의병들과 구별되는 안중근의 견해를 엿볼 수 있다. 우선 발단이 되는 사건을 살펴보자.

그때 일본의 군인과 상인을 사로잡았다. 나는 포로들을 불러다가 물었다.

"그대들은 모두 일본국의 신민(臣民)이다. 무슨 까닭으로 천황의 성지(聖旨)를 받들지 않는가? 러일전쟁을 벌일 때의 선전서에 '동양평화를 유지하고 대한독립을 굳건히 한다'고 했는데, 오늘 이처럼 앞다투어 침략하니 '평화'나 '독립'이라고 할 수 있겠느냐? 이것은 역적이나 강도가 아니냐?

그들은 눈물을 흘리면서 듣고는 대답했다.

"이는 우리의 본심이 아닙니다. 분명히 어쩔 수 없어서 그렇게 한 것입니다. 세상에 태어난 사람은 누구나 살기를 좋아하고 죽기를 싫어하는 마음을 가지고 있습니다. 게다가 우리는 만리타향 전쟁터에서 참혹하게도 무주고혼(無主孤魂)이 되게 생겼으니 얼마나 원통하겠습니까. 오늘의 일은 다름이 아니라 순전히 이토 히로부미의 잘못으로 말미암은 것입니다. 천황의 성지는 받들지 않고 멋대로 권세를 부려서 일본과 한국의 수많은 귀중한 생명을 죽이고서, 저 무리는 편안히 누워 복을 누리고 있습니다. 우리도 분개하는 마음이 있지만, 어쩔 도리가 없어서 이 지경에까지 이르게 되었습니다. 그렇지만 시비(是非)를 분별하는 생각이야 어찌 없겠습니까? 게다가 농민이나 상인으로 한국에 건너온 이들은 더욱 곤란을 겪고 있습니다. 이처럼 나라와 국민이 피폐한데도 돌아보지 않으니, 동양의 평화는 물론이거니와 일본의 국세가 편

안하기를 어찌 바랄 수 있겠습니까? 그런 까닭에 우리는 죽더라도 이 지극한 한이 사라지지 않을 것 같습니다."

말을 마치자 그들은 끊임없이 통곡했다. 나는 그들에게 말했다.

"그대들의 말을 들어보니, 그대들은 '충의지사(忠義之士)'라고 일컬을 만 하오. 이제 마땅히 그대들을 석방하여 돌아가도록 할 것이오. 돌아가거든 그대들이 말한 난신적자(亂臣賊子)들을 쓸어버리도록 하시오. 만일 또 이런 간사한 무리들이 나타나 까닭 없이 전쟁을 일으키고 동족과 이웃 나라 사이를 침해하는 언론을 내놓는다면, 찾아내서 쓸어버리시오. 열 명을 넘기기 전에 동양의 평화를 도모할 수 있을 것이오. 그대들은 그렇게 할 수 있겠소?"

그들은 뛸 듯이 기뻐하며 응낙하였다. 즉시 풀어주었더니 그들은 이렇게 말했다.

"군기(軍器)와 총포를 안 가지고 돌아가면, 우리는 군율(軍律)을 면하기 어려울 것입니다. 어쩌면 좋겠습니까?"

내가 말했다.

"그렇다면 곧 총포 등의 물건들을 돌려주겠

소."

다시 그들에게 말했다.

"그대들은 속히 돌아가시오. 포로가 되었던 이야기는 절대 입 밖에 내지 말고 신중하게 큰일을 도모하시오."

그들은 거듭거듭 감사를 표하고 돌아갔다.

안중근은 포로들과 면담한 뒤 이들을 모두 석방했다. 게다가 무기까지 되돌려주었으니, 보기에 따라서는 아무런 소득이 없었다고 생각할 만하다. 의병들의 위치와 형편을 알려줌으로써 그들을 위험하게 할 수도 있는 일이었다. 포로들의 말을 그대로 받아들인 안중근의 태도가 너무 순진하다고 비난할 사람도 있을 것이었다.

그렇지만 안중근은 그러한 위험을 무릅쓰고라도 포로를 풀어주어야 한다고 생각했다. 왜 그랬을까? 사건의 결말을 살펴보자.

그 뒤에 장교들이 불온한 기색으로 내게 말했다.

"무슨 이유로 사로잡은 적들을 놓아주는 것이오?"

나는 대답하였다.

"오늘날의 만국공법(萬國公法)에 포로를 죽이는 일은 절대 없소. 어딘가 가둬두었다가 뒷날 배상을 받고 돌려보내는 법이오. 게다가 그들의 말은 진정에서 나온 의로운 것이었으니 어찌 놓아주지 않을 수 있겠소?"

여러 사람들이 말했다.

"저 도적들은 우리 의병을 사로잡으면 모조리 참혹하게 죽이고 있소. 게다가 우리는 도적들을 죽일 목적으로 이곳에 와서 풍찬노숙(風餐露宿)을 하고 있소. 이처럼 힘을 다해서 사로잡은 포로들을 모조리 풀어준다면, 우리의 목적은 무엇이었단 말이오?"

나는 대답했다.

"그렇지 않소. 그렇지 않소. 적들의 그런 포악한 행동은 신과 사람이 함께 분노할 일이오. 이제 우리도 또한 야만의 행동을 하기를 바라는 것이오? 또 일본의 4천만 인구를 모조리 죽여서 국권을 회복하려고 계획하는 것이오? 지피지기(知彼知己)면 백전백승(百戰百勝)이라고 했소. 지금 우리는 약하고 저들은 강한데, 악전(惡戰)할 수는 없소. 그뿐만 아니라 충성스런

행도와 의로운 거사로 이토의 포악한 계략을 성토하고 세계에 널리 알려 열강의 동정을 얻은 다음에라야 한을 품고 국권을 회복할 수 있소. 그것이 이른바 '약한 자가 능히 강한 자를 제압할 수 있으니, 어진 덕으로 상대의 악을 대적하는 것이다'라는 것이오. 그대들은 부디 많은 말을 하지 마시오."

나는 이처럼 간곡하게 타일렀다. 그렇지만 여러 가지 논의가 물 끓듯이 일어나고 승복하지 않았다. 장교 중에는 부대를 나누어서 떠나버리는 이도 있었다.

안중근은 불만을 이야기하는 장교들을 설득하지 못했고, 그 일로 인해 의병들 사이에 분열이 일어났다. 그런데 이런 결과보다 안중근이 어떤 논리로 설득하고 있는 지에 더 관심을 둘 필요가 있다. 그가 생각하는 의병 활동의 목적이 여기에 있기 때문이다.

우선 안중근은 만국공법을 내세웠다. 만국공법이란 세계 어느 나라에서나 통용되는 법이라는 뜻이니, 곧 국제법을 뜻한다. 만국공법은 당시의 지식층에 널리 알려진 개념이었으며, 동아시아에서 국가 간의 평화와 질서를 유지해 줄 도구로 기대되었다. 물론 제국주의가 득세한 현실에서 이러한 기대는 실현될 수 없는 것이었지만, 여전히 하나의 이상적인 질서를 상징하는 의미를 갖고 있었다. 그렇다면 안중근은 왜 만국공법을 내세웠을까? 포로를 가둬둘 포로수용소도 없는 현실을 모르지 않았을 텐데도 굳이 만국공법을 고집한 이유는 무엇일까? 두 가지 측면에서 추정해볼 수 있다. 첫째는 의병이 국제적으로 정규군으로 공인받기를 원했기 때문일 것이다. 의병이 정규군이라면 한국 또한 독립국으로서의 지위를 인정받아야 마땅할 것이었다. 둘째는 그것이 올바른 덕목, 즉 인(仁)의 정신을 구현하는 것이라고 믿었기 때문일 것이다. 만국공법을 준수하고 '인'의 덕을 지키면, 지금 당장은 손해를 볼 수 있다. 하지만 그것은 멀리 보면 가장 바람직한 상태, 즉 국가 간의 평화를 보장하는 질서로 나아가는 길일 수 있다. 적어도 현실이 아닌 이상의 차원에서는 그렇다.

그런데 안중근이 만국공법을 내세운 것은 현실과 거리가 있는 이상을 실현하고자 하는 요구에서 나온 것만은 아니었던 듯하다. 오히려 현실에 대한 분석과 미래에 대한 전망으로부터 도출된 장기적인 계획의 일부였다고 보아야하지 않을까 한다.

안중근의 계획은 이처럼 눈앞에 벌어지는 싸움의 승리보다 한국의 독립과 그 독립의 유지라는 먼 목표에 초점을 맞춘 것이었을 듯하다. 두만강 가에서 의병들을 앞에 두고 지금 당장은 패하더라도 점차 준비를 갖춘 후손들이 결국 승리할 수 있도록 계획해야 한다고 역설했다. 같은 논리로 이 싸움은 패하더라도 장래 만국공법이 실현될 수 있도록 준비를 해야 한다고 생각하지는 않았을까. 비현실적이고 이상적으로 보이기도 하는 만국공법을 준수해야 한다는 주장을 펼친 배경에는 이러한 심모원려(深謀遠慮)가 있었을 것이다. 안중근은 원래 의병 활동을 통해서 한국의 독립이라는 목표에 이르고자 했다. 그렇지만 함께 의병 활동을 펼치는 이들은 안중근의 이러한 목표나 계획을 이해하지 못하거나 공감하지 않았다. 그들은 싸움에 이기고 일본군을 죽이는데 더 큰 의의를 두었던 것 같다. '한국의 독립'이라는 목표는 같지만, 이를 실현하기 위해 구상하는 계획은 같지 않았다.

결국 안중근은 의병 활동이 아닌 다른 길을 찾아야 했을 것이다. 사실 '이토 히로부미의 저격'은 안중근이 의병들에게 했던 연설이나 설득에 가장 적합한 길이 아니었을까. 이토 히로부미야말로 일본 포로들에게 당부했던 '쓸어버려야 할 난신적자'의 대표 격인 인물이다. 그의 죽음은 '난신적자'들에 대한 준엄한 경고의 의미일 수 있다. 이는 포로들에게 당부했던 말을 자신이 직접 실행하는 것이다. 또한 실제 재판 과정에서 안중근이 그러했듯이, 이토 히로부미로 대표되는 난신적자들의 잘못을 전 세계에 공개적으로 알릴 수 있는 계기를 마련할 수도 있다. 사실 안중근이 당시에 그런 부분까지 고려했을 것이라고 주장한다면 이는 지나친 말일지 모른다. 하지만 점차 이토 히로부미라는 목표에 접근하면서 이 같은 생각을 하게 되었을 법하다.

3장
절망을 넘어서는 길

포로들을 석방했기 때문인지는 알 수 없지만, 그 후에 일본군이 습격했으며 의병들은 날이 샐 때까지 격렬한 싸움을 벌여야 했다. 날은 이미 저물었고 비까지 쏟아지니, 의병들은 서로의 생사도 확인하지 못한 채 여기저기로 흩어져버렸다. 다음 날 겨우 60~70명이 모였지만, 다른 사람들의 소식을 물어보면 각기 부대를 나누어 떠나버렸다고 말할 뿐이었다. 이미 싸움의 승패는 기울었던 것이다.

이미 추위와 굶주림에 지친 의병들은 촌락에서 구한 보리밥으로 배고픔을 달랬음에도 기율을 따르지 않는 오합지졸로 변해 있었다. 안중근은 그들을 이끌고 낙오된 군사들을 찾다가 복병을 만났다. 겨우 모였던 60~70명의 의병들은 다시 흩어져버렸다. 안중근은 홀로 산 위에 올라 이처럼 약한 의병들을 이끌고 큰일을 도모하려 했던 자신의 어리석음을 탄식했다.

안중근이 주변에서 다시 만난 몇몇 의병들은 제각기 다른 의견을 내놓았다. 살 길을 도모하자는 사람, 자결하자는 사람, 일본군의 포로가 되자는 사람들이 있었다. 안중근이 내놓은 계획은 "산을 내려가 일본군과 한바탕 싸워서 대한국 2천만 가운데 한 사람으로서의 의무를 다하고 죽는 것"이었다. 하지만 안중근은 한바탕의 싸움과 이익이 없는 죽음보다는 뒷날을 도모하기로 한다.

우덕순 또한 동지들과 흩어진 채 근처를 돌아다니다가 어떤 집에서 안중근, 갈화춘, 김영선 등을 만났다.

그런데 우덕순은 안중근과 계속 동행하지는 못했다. 먹을 것을 구하러 마을에 내려갔다가 일본군에게 체포되었기 때문이다. 제법 시간이 지난 뒤의 일이지만, 우덕순은 결국 일본군 통역으로 있던 조선 청년과 먼저 잡혀 있던 의병의 도움으로 탈출했다. 함흥재판소로 넘어가 사형까지 구형받았지만 구사일생으로 탈출할 수 있었던 것이다.

다시 안중근의 후퇴 장면으로 돌아가 보자. 블라디보스토크로 돌아가는 과정에 고난이 이어졌다. 동지들을 만났다가는 다시 헤어지곤 했고, 그러면서도 밤에만 이동해야 했다. 결국 안중근을 포함해 세 사람만 남았지만, 이들은 4~5일 동안 아무것도 먹지 못했다. 게다가 신발도 없었다. 길도 모르는 깊은 산속이라 방향도 알 수 없었다. 그래서 안중근은 일본군의 파출소를 민가로 착각하여 위기를 겪기도 했다. 하늘을 향해 "죽이려면 빨리 죽이시고 살리려면 빨리 살려 주소서"라고 기도만 할 뿐인 어려운 상황이었다.

운명을 떠올리면서 모험도 할 수 있게 되었는지, 안중근 일행은 낮에 인가(人家)를 찾아가기도 했다. 의병에게 밥을 주었다는 죄목으로 죽음을 당한 이웃의 일을 거론하며 먹을 것을 건네주면서도 빨리 떠나기를 원하는 사람도 만났고, 일본군에 신고하겠다며 포박하려는 사람도 만났다. 파수(把守)하는 일본군의 탄환을 간신히 피하기도 했다.

안중근은 독실한 천주교인이었다. 그는 의병에

나서던 날에 진남포 집에 성모마리아가 나타나 자신을 위로하는 꿈을 꾸었으며, 의병 활동을 하는 중에도 묵주를 가지고 다녔다. 고난 속에서 그가 종교의 힘에 의지한 것은 당연한 일일 것이다. 안중근은 여기에 머물지 않고, 자신과 함께 귀환하던 일행에게도 천주교인이 되기를 권했다. 천주교인 안중근의 면모를 살필 수 있는 일화이므로 <안응칠역사>의 기록을 한번 살펴보기로 한다.

급히 두 사람과 함께 산속으로 피신했다. 그리고 다시는 감히 큰길로 나가지 못하고 산길로만 다녔다. 4~5일 동안 다시 먹을 것을 구하지 못하니, 기한(飢寒)은 전보다 더 심했다. 이때 나는 두 사람에게 이렇게 권고했다.

"두 분은 내 말을 믿고 들어주시오. 세상에 사는 사람이 만약 천지의 큰 임금이며 큰 아비인 천주를 받들어 모시지 않는다면, 금수만도 못할 것이오. 게다가 오늘 우리들은 죽음을 면하기 어렵게 되었소. 빨리 천주 예수의 도리를 믿어 영혼의 영생(永生)을 얻는 것이 어떻겠소? 옛글에 '아침에 도를 들으면 저녁에 죽어도 좋다'라고 하였소. 두 분께서 속히 전날의 허물을 뉘우치고 천주를 받들어 모시고 영생을 구하시기를 청합니다. 어떻습니까?"

이에 천주가 만물을 만들어낸 도리와 지극히 공평하고 의롭게 선악에 상과 벌을 내리는 도리와 예수그리스도가 세상에 내려와 사람의 죄를 대속(代贖)하여 구한 도리를 하나하나 권면하였다. 두 사람이 듣고 나서 천주교를 신봉하기를 원했다. 그래서 즉시 교회의 규칙에 따라 대세(代洗)를 주고 예를 마쳤다.

길을 잃고 굶주림에 시달리던 안중근 일행은 깊은 산속에서 한 노인에게서 도움을 얻는다. 12일 동안 두 번밖에 먹지 못한 일행은 한 노인에게서 음식과 함께 일본군의 수색을 피하며 두만강으로 갈 수 있는 길을 얻었다.

의병 활동에 나선 이후 한 달반 정도의 기간 동안, 안중근은 "붓으로 다 기록할 수 없을 만한 고초"를 겪었다고 한다. 그 때문에 러시아 땅에 돌아온 안중근의 모습은 많이 변해 있었다.

블라디보스토크에 귀환한 안중근을 위해 그곳

사람들은 환영회를 열었다. 안중근은 '패군지장(敗軍之將)'을 자처하며 이를 사양했다. 사람들은 "일승일패(一勝一敗)는 병가상사(兵家常事)"라는 말로 위로하고, 위험한 땅에서 살아 돌아온 것만도 환영할 일이라며 참석을 권유했다. 하지만 안중근이 환영회에 참석했는지는 분명치 않다.

이후 안중근은 블라디보스토크를 떠나 하바로프스크(河發浦)행 기선에 올랐다. 여러 지역을 돌아다니면서 한인 동포들을 만났으며 다시 수청촌(水淸村)으로 돌아왔다. 안중근이 이때 의병 모집을 한 것은 아니었던 듯하다. <안응칠역사>에서는 교육에 힘쓰도록 권장하고 단체를 조직하도록 했다고 기록하고 있다. 당장 의병부대를 구성하여 전쟁을 치르는 것보다는 청년과 어린들을 대상으로 한 장기적인 계획을 준비한 것이 아닌가 한다.

안중근은 1908년 12월 12일에는 공립협회의 블라디보스토크 지회에 가입한 것으로 명부에 기록되어 있다. 이 명부에는 블라디보스토크의 주요 인물 상당수의 이름이 올라있는데 어떤 활동을 벌였는지는 구체적으로 알 수 없다. 따라서 안중근의 가입에 특별한 목적이 있었는지, 또한 이후의 활동과 어떤 관계가 있었는지는 분명히 나타나지 않는다.

이 무렵 안중근은 당시의 의병활동으로 인해 위협을 당하는 사건도 겪었다. 몇 사람과 동행하다가 6~7명의 괴한에게 홀로 납치되었는데, 괴한들은 의병대장을 잡았다고 하면서 정부에서 금하는 의병을 왜 하느냐고 안중근을 나무라며 구타했다고 한다. 안중근은 이들이 일진회(一進會)의 여당(餘黨)일 것이라고 짐작했다. 동행하던 사람들이 동지들을 불러올 것이라고 말하고 누차 설득함으로서 죽음의 위기에서 벗어났지만, 그 일로 겨울 동안 별다른 활동을 못한 채 치료를 받아야 했다. 이 기간 동안 안중근은 의병 전쟁의 경험을 바탕으로 이전의 활동을 재평가하고 앞으로 전개할 독립운동의 방향을 모색했을 것이다.

러시아 땅으로 무사히 돌아왔지만 안중근은 이전과 같은 활동을 펼칠 수 없었다. 이는 안중근이 조국의 독립을 위해 새로운 계획을 마련할 필요가 있음을 깨달았기 때문이기도 하지만,

블라디보스토크 일대의 상황이 의병 전쟁을 준비하던 때와 달라졌기 때문이기도 했다.

변화는 크게 두 가지로 나누어 볼 수 있었다. 첫째는 러시아 당국이 '비지원(非支援) 비금지(非禁止)'의 방관적인 정책을 버리고 적극적으로 의병 활동을 금지하기 시작한 것이며, 둘째는 의병 지도부에서 내부 알력과 대립이 발생했다는 점이다. 블라디보스토크의 의병 활동이 내·외부적으로 모두 어려움을 겪게 되었던 것이다.

의병 지도부의 갈등은 주로 이범윤 파와 최재형 파의 대립으로 나타났다. 이미 동의회 결성 당시에도 두 세력 간에는 갈등이 있었지만, 의병 전쟁이라는 공동의 목표를 위해 임시로 갈등을 봉합할 수 있었다. 그러나 의병 활동은 상당한 전과를 올렸음에도 그 목표를 달성하지는 못했고, 여기에다 일본의 항의로 러시아 당국 또한 의병 활동을 적극적으로 막고 나섰다.

러시아 측에서는 엄인섭이나 최재형 등 '평판이 나쁜 사람들'에 의해 저질러진 약탈 행위에 대한 이범윤의 비판이 두 세력 간의 갈등 원인이 되었다고 파악했다. 실제로 일본인들에 대한 약탈이 있었는지는 불명확하지만, 러시아 측에서는 이러한 구실로 이범윤이나 최재형, 엄인섭 등을 감시하거나 추방할 것을 고려하고 있었다. 러시아 관리들은 1908년 5월 12일자 전문(電文)을 통해 전달된 '국경 지역에서 반일 운동을 용납하지 않도록 조치를 취하라'는 국무대신 표트르 스톨리핀(Pytro Stolypin)의 지시를 따르고자 했던 것이다.

최재형 세력은 이범윤의 권위주의적 태도와 사치스러운 태도를 문제 삼았다. 이 또한 어느 정도 과장되었으리라고 보이지만 그 결과로 서로간의 갈등이 깊어졌음은 분명하다. 이위종은 이런 상황에 실망하여 1908년 여름에 이미 상트페테르부르크로 돌아가 버렸고, 최재형과 이범윤의 추종자들이 각기 상대편을 습격하는 사건이 벌어지기도 했다.

사태가 이에 이르자 러시아 국적을 가진 블라디보스토크 한인들의 태도에는 심상치 않은 변화가 일어났다. 1909년 1월에는 이범윤 세력에 의해 최재형이 저격당하는 사건이 벌어졌고, 최재형 또한 <대동공보>에 의병을 반대하는 광고를 실었다. 최재형은 광고를 통해 "의병이라고 가칭(假稱)하는 무리"가 인민들의 재산을 착복하고 있다고 알렸다. 또한 이러한 무리들이 어떠한 문서나 말로 달래더라도 결코 "무용(無用)의 보조금을 주지 말라"고 당부했다.

물론 이러한 갈등의 이면에는 좀 더 복잡한 사정이 있었을 것이다. 최봉준 같은 경우에는 의병 활동으로 자신의 육류 판매나 해운 사업에 큰 어려움을 겪었을 것이다. 이범윤과 최재형 사이에는 신분 문제로 갈등도 있었을 것이다. 앞에서 말했듯이 최재형은 노비 출신이었고, 이범윤은 양반 명문가 출신이었다. 설사 특별한 의도가 없는 행동이더라도 그것이 둘 사이에 충돌을 빚는 원인이 될 가능성은 존재하고 있었다.

그 결과로 블라디보스토크의 한인사회에 서로에 대해 불신하는 분위기가 생겼을 가능성은 분명히 있으며, 이러한 상황이 안중근이 지속적으로 주장한 '단합'과는 정반대의 것임은 분명하다.

그렇다면 안중근은 이 시점에서 어떤 대응을 하고 있었을까? <안응칠역사>를 보자.

이듬해(1909년) 정월 나는 노보키예프스키 방면으로 돌아왔다. 동지 12인과 상의하면서 이렇게 말했다.

"우리가 전후로 아무런 일도 이룬 것이 없으니, 다른 사람의 비웃음을 면하기 어려울 것이오. 또한 만일 특별한 단체가 없으면 어떤 일이라도 목적을 달성하기 어려울 것이오. 오늘 우리가 손가락을 끊어 함께 맹세함으로서 그 자취를 보인 이후에 한마음으로 단체를 이루어 나라를 위해 몸을 바치고 목적을 달성하도록 하는 것이 어떻겠소?"

모두가 응낙하여 따랐다. 이에 열두 사람이 각각 왼손 약지(藥指)를 끊어, 그 피로서 태극기 앞면에 '대한독립(大韓獨立)'의 네 글자를 크게 썼다. 쓰기를 마치고는 함께 '대한독립만세'를 삼창(三唱)하였고, 그 다음에 천지에 맹세하고는 흩어졌다.

오늘날 단지동맹 혹은 동의단지회(同義斷指會)로 일컬어지는 안중근 등 12인의 결사가 결성되는 순간이다. 안중근을 상징하게 된 손바닥 도장이 이 동맹의 결과물임은 널리 알려진 사실이다.

4부

때가 영웅을 만든다

1장
블라디보스토크에서의 모의

 무명지를 끊어 맹세를 한 지 이미 몇 달이 흘렀지만, 안중근은 새로운 계획을 실현할 계기를 마련하지 못하고 있었다. 교포들이 사는 곳을 찾아다니며 교육과 단합을 역설하거나 신문을 읽는 것이 주된 일이었다. 연해주에는 여전히 한국의 애국 인사들이 활동하기에 어려운 상황이 이어지고 있었기 때문이었다.

 그러던 어느 날 안중근은 정대호에게서 편지를 받았다. 진남포에서 삼흥학교를 운영하던 무렵 어울려 지냈던 정대호도 또한 조국을 떠나 생활하고 있었다. 안중근은 정대호를 만나 진남포 소식을 들었고, 그에게 자신의 가족들을 데려다달라고 부탁했다고 한다. 또 봄이나 여름이 오면 한국으로 건너가 동정을 살필 계획을 세

우기도 했다고 한다. 하지만 비용을 마련할 길
이 없어서 그 계획은 실현하지 못했다고 한다.
국내에 들어가서 어떤 동정을 살피겠다는 것인
지는 밝혀져 있지 않다. 따라서 계획의 목표가
무엇인지도 분명하지 않다.

이처럼 "헛되이 세월만 보내고 있던" 안중근
은 9월 무렵에 블라디보스토크로 간다. 〈안응
칠역사〉에는 이때의 상황이 다소 모호하게 서
술되어 있다.

어느새 초가을이 되었다. 때는 1909년 9월이
었다. 그때 나는 노보키예프스키 방면에 머무르
고 있었다. 하루는 갑자기 아무 까닭도 없이 마
음이 분하고 답답해지는데, 조민(操悶)함을 이
길 수 없었고 스스로 진정하기 어려웠다. 이에
몇 사람의 벗과 이야기하였다.

"나는 지금 블라디보스토크로 가려고 하오."

"왜 이처럼 아무 기약도 없이 갑자기 가려는
것이오?"

"나 또한 까닭을 모르겠소. 저절로 마음에 번
뇌가 일어나니 여기에 머물고 싶은 마음이 전
혀 없어졌소. 그래서 가고자 하는 것이오."

"이제 가면 언제 돌아올 것이오?"

"돌아오고 싶지 않소."

나는 무심결에 갑자기 이런 말을 내뱉었다. 벗들은 매우 괴이하게 여겼는데, 나 또한 대답한 말의 뜻을 그때는 미처 깨닫지 못했었다. 이에 작별하고 길을 떠났다.

모든 사건이 우연에서 비롯된 것처럼 서술되어 있다. "헛되이 세월만 보내고 있는" 시간이 안타깝게 느껴졌을 수도 있고, 계획한 무엇인가를 실행할 기회를 얻지 못하는 것이 마음을 괴롭혔을 수도 있다. 안중근은 그런 상황이 마음의 병이 되었다고 말하고 있는 것이다. 또 당시 자신은 무심결에 그렇게 말했지만, 다시 돌아가기 어렵게 된 처지에서 생각해보면 신통하게도 그 말이 들어맞았다고 이야기하는 것이다. 요컨대 어떤 종류의 계획이나 정보도 없이 사건이 시작되었다는 말이다.

이러한 진술을 사실로 받아들이기는 쉽지 않다. 특히 일본 측으로서는 이러한 진술을 함께 거사를 도모했거나 도와준 사람들을 숨기고 보호하기 위한 발언으로 해석할 수밖에 없었을 것이다. 일본 측에서는 안중근의 활동과 성향에 대해 어느 정도 파악하고 있었기 때문에 거사 직후부터 러시아의 한인 세력에 대해 관심을 기울였다.

일본 측에서는 자신들이 얻은 정보와 자료 등을 바탕으로 사건의 경위를 문서로 정리한 바 있다. 또한 학계에서도 블라디보스토크의 한인들이 이토 저격과 관련되었다는 사실을 뒷받침하는 주요 근거로 활용한 바 있으므로 관심을 둘 만하다. 다음이 그 문서의 첫 부분이다.

1909년 10월 10일 러시아령 블라디보스토크 소재 한국인이 경영하는 대동공보사 사무실에 사장 러시아인 미하일로프, 발행인 유진율, 주필(主筆) 정재관(鄭在寬), 기자 윤일병(尹一炳), 이강(李剛), 정순만(鄭順萬) 등이 집무 중이었는데, 안응칠이라는 이름을 쓰는 안중근, 우덕순, 조도선(曹道先) 세 명이 찾아왔다.

9명이 한 무리가 되어 잡담했는데, 늘 그렇듯이 나랏일에 대한 이야기에서 일본을 배척하는 분개담(憤慨談)으로 옮겨갔다. 그때 그 자리에 있던 한 사람이 이토 공이 하얼빈으로 올 것이라는 보도가 있었음을 고하였다. 한 사람이 욕을 하며 꾸짖었다.

"저 한국을 삼켜버리고 또 하얼빈에 온다니, 정말 그렇다면 반드시 헤아릴 수 없는 간계(奸計)를 품고 오는 것일 게다."

또 한 사람이 이렇게 말했다.

"그를 암살하는 데는 대단히 좋은 기회다. 그런데 불행히도 힘이 부족하여 어떻게도 하기 어렵다."

사장 미하일로프는 그 두 사람의 분개한 이야기에 대해서 이렇게 말했다.

"그 말이 대단히 옳다. 이토 공은 우리나라 장상(藏相)과 회견할 필요가 있어서 하얼빈으로 오는 것이다. 여러 해 동안 계획한 암살의 기회는 바로 지금이다. 참으로 천재일우(千載一遇)의 좋은 기회이다. 머뭇거리며 미루면 영원히 그 목적을 이룰 날을 기약하지 못한다."

그러며 급히 실행할 임무를 맡을 사람이 없느냐고 물었다. 그런데 대부분 일이 급박하다거나 금전이 준비되어 있지 않음은 물론이고 가장 필요한 흉기가 없다 하여 자진해서 그 임무를 맡으려는 자가 없었다. 이에 미하일로프는 다시 말했다.

"너희 동포에게 격문을 돌려 자금을 모아서 뒷날 반환하라. 이번에는 내가 활동하는 데 드는 비용을 빌려주고 무기를 공급하겠다. 그뿐만 아니라 사건을 벌인 이후 처리에 관해서는, 내가 반드시 그 임무를 맡아서 결코 죽음에 처해지는 불행에 빠지지 않게 하겠다."

안중근이 그 말에 응하여 말했다.

"내가 실행의 임무를 맡아서 반드시 목적을 달성하겠다. 원컨대 사건을 벌인 이후의 보호에 전력을 다해주기 바란다."

미하일로프는 장하다고 하였다. 그리고 '사건[兇行]을 수행하면 반드시 관헌에 체포되겠지만 하얼빈은 러시아의 조차지(租借地)이므로 재판권은 러시아에 있다. 맹세코 무죄가 되게 할 것'이라고 확언했다고 한다. 곁에서 이 문답을 듣고 있던 우덕순과 조도선도 자진하여 안중근과 함께 실행할 것을 신청하였다. 3명이 서로 약속하고 대동공보사 사원 5명을 돌아보고 실행 후에 사건을 벌인 자 보호에 힘을 다하겠는지를 물으니, 5명은 반드시 보호하겠다고 맹세하고 뒷일에 대해서 근심하지 말라고 타일렀다.

같은 달 15일에 사장 미하일로프는 약간의 금전과 단총 3정을 안중근에게 넘겨주었다.

　<해조신문>이 1908년 5월 26일 폐간된 이후에, 블라디보스토크의 한인들이 다시 뜻을 모아 1908년 11월 18일에 간행한 신문이 <대동공보>이다. 유진율이 신문 간행을 청원했고, 차석보(車錫甫)가 최봉준에게서 해조신문사의 인쇄시설 등을 구입했다. 창간 당시에는 차석보가 사장을, 유진율이 발행인 겸 편집인을 맡았다. 러시아인 콘스탄틴 미하일로프(Konstantin Mikhailov)가 발행명의인을 맡았고, 이강(李腔)이 기자로 활동했다. 1909년 1월 31일 이후에는 최재형이 사장을 맡아 재정 문제를 담당했다.

　<대동공보>의 기자 가운데는 공립협회와 관련된 인물이 다수 포함되어 있다. 이강과 정재관은 샌프란시스코에서 조직된 항일 독립운동단체인 공립협회에서 발간한 <공립신문>에 관여했으며, 정순만은 블라디보스토크 지방회의 부의장을 지냈다. 샌프란시스코 및 하와이의 한인사회와 밀접한 관련을 맺고 있었던 것이다. 여

기에 블라디보스토크 한인 사회의 핵심인물이었던 최재형이 신문사의 운영을 담당하고 있었으니, 일본 측의 밀정들이 이곳을 예의 주시했을 것임을 쉽게 짐작할 수 있다.

사실 안중근이 하얼빈에 갔을 때 그와 동행했거나 그가 접촉했던 인물들 가운데 상당수가 이 대동공보사 또는 공립협회와 직·간접적으로 연관되어 있었다. 스스로 '회계주임(會計主任)'이었다고 밝힌 우덕순의 예가 대표적이다.

일본 측에서 대동공보사의 인물들 가운데 특히 미하일로프를 지목하여 사건의 중심인물로 파악한 점도 흥미롭다. 그는 러시아군 중령 출신으로 당시 소송 대리인이기도 하다. 뒷날 안중근의 재판이 열렸을 때 그가 변호인을 맡기 위해 뤼순으로 간 것은, 이러한 이력과 관련이 깊다. 러시아가 개입했다고 가정한다면, 하얼빈 역에서 경비를 서던 러시아 군인들을 제외하고는 가장 의심할 만한 인물이 미하일로프였던 것이다. 러시아인에다가 총기를 구할 수 있는 군인 출신, 그러면서도 한국인들과 가까운 관계를 유지하고 있던 인물이었기 때문이다.

사실 일본 측이 러시아, 그리고 미하일로프를

의심한 배경에는 한국인의 능력에 대한 멸시의 감정도 포함되어 있었을 것이다. 한국인이 이토 히로부미를 쏘아 죽일 만한 능력이 있는가? 수많은 사람들이 지켜보는 가운데 혼자서 그렇게 할 수 있었을까? 아마도 일본 측에서는 초기에 이런 의문을 가졌을 것이다.

일본 측이 정리한 바와 달리 안중근은 '우연히' 블라디보스토크로 가서 이토가 그곳으로 온다는 소문을 들었다고 기록했다. 또한 여러 신문을 읽고 이토가 하얼빈으로 가는 것이 분명하다고 판단하여 기뻐하며 준비를 서둘렀다고 한다. 대동공보사에 대한 직접적인 언급은 없는 셈이다. 과연 그럴까? 일본 측에서 모의현장에 있었다고 추정한 이강이 남긴 기록은 이와 조금 다르다.

4242년(1909년) 10월에 블라디보스토크에서 지방에 출장 중인 선생을 내가 전보를 쳐서 긴급 귀환하게 한 후, 우리 민족의 불구대천(不俱戴天)의 침략의 원흉 이토 히로부미가 동양 제패의 야망을 품고 중국 대륙을 잠식하기 위하여 북만(北滿)을 시찰하는 한편 '하얼빈'에서 러시아 대장대신(大藏大臣)과 회담한다는 정보를 제공하고, 이토를 말살하기 위한 모의가 극비밀리에 진척되어 블라디보스토크의 대동공보사 사장 유진율 씨와 한인거류민단장 양성춘(楊成春) 씨가 독일제 권총을 일 정씩 제공하고, 우덕순을 동행하게 하여 10월 21일 블라디보스토크에서 내가 두 분 동지와 최후로 작별할 때 안중근 선생은 나의 손을 굳게 잡으시고 "이번 길에 꼭 총소리를 내리다. 뒷일은 동지가 맡아주오"하고 떠나던 그 모습이 아직도 눈에 암암(暗暗)할 뿐이다.

대동공보사가 이 사건에 상당 부분 관여되어 있다고 한 점에서는 일본 측의 주장이 완전히 잘못된 것은 아니다.

이강이 정보를 제공할 수 있었던 이유는 그가 외국의 소식을 가장 빠르고 정확하게 접할 수 있는 블라디보스토크의 인물이었기 때문일 것이다. 그는 외국어와 외국문화에 익숙했을 뿐만 아니라, <대동공보>에서 외국신문을 자세히 살피는 일을 하고 있었다. 일본 측은 '러시아의 힘과 재산'에 주목했지만, 대동공보사라는 공간

에서 정보를 다루던 이강의 업무나 능력에 대
해서는 관심을 기울이지 못했던 모양이다.

2장
이토 히로부미

 당시 모든 조선인들이 원수처럼 여기던 이토 히로부미는 1841년 9월 2일 생이다. 세상에는 말로 설명할 수없는 일이 있는 법이다. 안중근은 이토가 태어난 달인 9월에 돌아올 수 없는 길을 떠난다.

 도쿠가와 막부 말기 일본의 정국은 존왕(천황을 존대한다), 좌막(막부를 지지한다), 양이, 개국 네 그룹이 존재했다. 이토가 출생한 조슈(지금의 야마구치현 일대)번은 존완양의 노선을 취했다. 그들이 존왕의 노선을 취한 것은 양이 때문이었다. 도쿠가와 막부를 지지하면 일본은 서구 열강에 멸망하고 말 것이라는 위기감을 느끼고 있었던 것이다. 그들은 서양세력을 물리치고 도쿠가와 막부를 붕괴시키기 위해 천왕 편에 선 세력이다.

양이에 대한 그의 신념이 개국으로 바뀌게 된 것은 1863년 그의 평생 친구인 이노우에와 '해군학'을 공부하러 영국에 다녀온 후부터였다. 그전에도 이토는 늘 서양에 가고 싶어 했다. 그 것이 신분의 차이를 극복하고 혼란스러운 시국에 성공의 길을 걷는 것이라는 것을 알았기 때문이다. 이토는 영국에 다녀오고 나서부터 환골탈태를 하게 된다.

가난한 농사꾼의 자식이 어쩌다가 운이 좋아 하급 무사가 되고, 당대의 대 귀족들 틈바구니에서 기 한번 펴보지 못하고 살다가 메이지유신의 주역이 되고, 일본인들이 제일 존경하는 일본의 총리가 된 단초는 외국의 문명을 흡수하는 여행이었다.

그리고 일본의 총명한 젊은이들을 지원한 스후 마사노스케라는 후원자가 있었다. 그는 조슈번의 재력가로서 고향의 젊은이들을 외국으로 내보내는 데 큰 기여를 한 인물이다. <사전 이토 히로부미>에 따르면 그는 서양으로 젊은이들을 보내면서 이렇게 말했다.

이번에 우리 번(조슈번)에서 무기를 하나 구입 하려 한다. 그 무기란 사람이다. 일단은 양이를 통해 일본 무기를 서양인에게 보이겠지만, 곧 각국과 교류하게 될 날이 올 것이다. 그때 서양 의 사정을 알지 못하면 크게 불리해진다. 그때 활용할 무기로 노무라, 야마오 두 사람을 영국 에 보내 공부하게 하고 싶다.

이 스후의 후원으로 이토도 외국에 나갈 수 있었다. '살아 있는 무기'라는 표현에 무서운 칼 날이 서있다. 이토와 이오우에 두 사람은 상하 이에서 출발하는 페가수스 호를 타고 영국으로 향했다. 약 4개월에 걸친 고통스러운 항해였다. 정식으로 운임을 내고 승선했는데도 영국인들 은 항해술을 가르쳐준다는 명목으로 두 사람을 밑바닥부터 교육시켰다.

이토는 과로를 한 데다 음식이 입에 맞지 않 아 심한 설사에 시달렸다. 그 선박에는 수부용 화장실이 없었다. 바다로 나와 있는 횡목에 매 달려 목숨을 걸고 용변을 봐야만 했다. 이토는 하루에도 몇 번씩 거친 파도가 몰아치는 바다 위의 횡목에 매달려 목숨을 걸고 용변을 보면 서 "나는 이제 글렀다"고 울부짖었다.

그때마다 이노우에 가오루는 "이따위 일로 약한 소리를 하다니, 평소의 자네답지 않다"고 격려했다. 그는 이토의 몸에 로프를 감아 그 한쪽 끝은 기둥에 감고, 자신도 파도에 시달리면서도 용변을 보는 이토가 바다로 떨어지지 않도록 도와주었다. 이노우에 덕분에 이토는 살았다. 훗날 두 사람은 매우 '친밀한 동지'로서 메이지 정부의 핵심인물이 된다.

이러한 이토의 모습은 당시 개국을 강요받던 동아시아의 모습과 비슷하다. 높은 파도가 휘몰아치는 거친 바다 위에 대롱대롱 매달린 운명은 일본도 마찬가지였다. 이렇게 죽을 고생을 다해 영국으로 공부하러 간 이토는 일본이 강제로 개국을 당하고 불평등조약을 맺은 그 경험을 되살려 조선침략을 감행한 일본 제국주의의 선두에 서게 된다.

이토가 받은 하늘의 뜻은 근대 일본의 성장이었다. 그것이 제국주의로 이어지게 된 것은 당시의 국제정세로 보면 당연한 귀결이다. 러시아 제국이 부동항을 얻기 위해 남진해오고, 일본은 러시아의 영토 확장 정책이 일본의 존립을 위협한다고 믿었다.

국제적으로 3국 간섭 등 서구 열강들의 제국주의 파도가 휘몰아칠 때, 일본은 자국을 보호하기 위해서는 선제공격을 통해 전쟁에 나설 수박에 없다고 주장한다. 그 희생양은 주변국이었다. 이러한 풍진시대에 필요한 것이 국가에 대한 충성과 지극정성의 마음이었다. 한결같은 마음으로 세상을 움직인다. <사전 이토 히로부미>에 따르면 이토는 이렇게 말했다.

충성 다음으로 필요한 것이 지성이다. 지성은 귀신을 울게 하고 천지를 움직인다고 하는데, 이는 진실이다. 나는 젊은 시절부터 심신을 군자에게 바치고 나라를 위해 최선을 다하려고 노력해왔다. 이 마음은 오로지 지성이라는 단어로 집약된다. 반드시 귀신을 울리고 천지를 움직여 보이겠다고 다짐했다. 너도 충의 다음으로 지성이라는 글자를 깊이 가슴에 새기라.

해외 유학을 떠나는 아들에게 아버지가 자신의 정신을 전하는 장면이다. 그의 지성(至誠)은 죽음을 목전에 두고 있었다. 이러한 마음을 안중근도 똑같이 품고 있었다. 안중근의 충성과 지성은 총구를 통해 나왔다.

하얼빈은 안중근에게는 생명의 도시이고, 이토에게는 죽음의 도시였다. 두 사람 모두 이곳에서 대단원의 막을 내렸지만, 안중근에게는 자신의 신념이었던 동양 평화의 실현을 위한 창조의 장이었고, 이토에게는 제국주의 진출의 출구에서 좌절한 장소였다.

하얼빈은 근대와 함께 태어난 신도시였다. 쑹화(송화) 강이 흐르는 중국 변방의 작은 마을에 '하얼빈'이라는 지명이 붙은 것은 1822년이었다. 하얼빈은 만주어다. 1864년 흑룡강장군아문에 보관하고 있는 문서에 만주족 문자로 '하얼빈'이라고 쓴 기록이 전해진다. 이 작고 평화로운 마을에 도시가 건설된 것은 '동청(東淸)철도'가 부설되면서부터이다. 하얼빈은 중국에 철도를 놓기 위해 탄생한 철도도시다.

'동청철도'의 역사는 청나라의 이홍장이 특사 자격으로 제정 러시아의 신임 황제 니콜라이 2세의 대관식(1896년 5월)에 참석하여 중국과 러시아 간에 밀약을 체결하면서 시작되었다. 이

밀약에 의해 러시아는 중국의 동북 경내 수분하에서부터 만주리까지의 동청철도 부설권을 얻었다. 러시아는 1898년 5월 하얼빈을 동청철도의 관리 지역으로 지정하고 7월에는 동청철도 공사의 연속 계약으로 하얼빈에서부터 뤼순까지의 동청철도 남부선 부설권도 얻게 된다.

동청철도 동쪽선은 하얼빈에서부터 러시아의 시빌리 철도를 연결하는 우스리스크까지의 선로에 1902년 3월 3일 기차가 개통되었다. 동청철도 서쪽선인 하얼빈에서 만주리까지는 1903년 7월 14일 개통되었다. 1903년 동쪽의 수분하로부터 서쪽의 만주리까지 동청철도의 전 노선이 개통되자 노동자, 건설업자, 상공업자들이 하얼빈에 모여들기 시작하면서 도시로서의 면모를 갖추게 되었다.

이러한 시대적 흐름을 타고 조선인들의 하얼빈 이주가 시작되었다. 조선인 최초로 하얼빈을 방문한 사람은 '츄푸뤄프'였다. 러시아 국적을 가진 조선인인 그는 동청철도를 놓기 위해 러시아에서 파견한 50여 명의 일행 중 한 명으로 러시아어와 중국어를 통역했다.

러시아 선발대는 이 작은 어촌 마을에서 철도

건설 사무실과 숙소로 쓸 건물을 물색하다가 전 씨 술 공장을 발견한다. 방이 모두 32칸인 큰 집이었다. 선발대가 이 집을 물색할 무렵 이 집은 비어 있었다. 만주 마적 떼의 습격을 받아 주인은 다른 곳으로 피신한 상태였다. 통역사인 조선인 츄푸뤄프는 당시 아스아성(지금의 아성시)에 피신해 있던 주인을 찾아가 상황을 설명하고 은 8000냥이라는 헐값에 그 집을 매입해 철도부설공정국의 사무실과 숙소로 개축했다.

하얼빈 최초의 조선인으로 기록에 남은 러시아 국적의 츄푸뤄프에 대한 기록은 더 이상 남아 있지 않다. 그의 조선 이름도 고향도, 어떤 사연으로 러시아어와 중국어 통역을 하게 되었는지도, 하얼빈에 정착을 했는지 이주를 했는지도 전혀 알 수가 없다. 다만 그가 하얼빈으로 들어온 날짜인 1898년 4월은 조선인이 처음으로 하얼빈에 도착한 날로 남았다. 그로부터 11년 후에 안중근이 하얼빈에 들어오게 된다. 이러한 정황으로 미루어보아 하얼빈은 매우 빠르게 성장한 도시다. 허허벌판에 철도부설고정국의 사무실과 숙소를 세우고 나서 10여 년 만에 중국의 철도도시로 성장한 것이다.

동아시아 3국의 근대화 과정은 마치 파도치는 해안을 떠다니는 조각배를 연상시킨다. 조선과 청, 그리고 일본은 모두 거친 파도 위에 떠있는 조각배와 같은 운명이었다. 이 과정을 역사적인 안목에서 보면 유럽과 미국의 문물을 스펀지처럼 흡수한 일본은 간발의 차이로 제국주의의 총칼을 들었고, 중국과 한국은 그 희생양이 되어 투쟁의 길을 걸었다. 동청철도, 그 철도 위에서 안중근은 생의 가장 중요한 시간을 보낸다 하얼빈에서 뤼순까지 이어지는 동청철도의 철로는 안중근이 마지막으로 여행을 했던 바로 그 길이다

3장
하얼빈과 차이자거우 사이에서

1909년 10월 21일 오전 8시 50분 안중근은 블라디보스토크 역에서 하얼빈으로 가는 우편 열차를 탔다. 블라디보스토크에서 하얼빈까지의 총 주행거리는 778킬로미터였다 그 길은 안중근에게 일생의 마지막 여행길이었다.

'내가 하려는 일이 내가 할 수 있는 길인가? 내가 해야 하는 일인가?'

안중근은 눈을 감았다. 머릿속까지 벌판의 바람이 스며들었다. 저 벌판에도 꽃은 피는가 싶었다. 아침 내내 황량한 벌판을 바라보던 우덕순이 같은 생각을 했는지 한 마디를 던졌다.

"저 벌판에도 봄은 다시 오겠지요?"

안중근은 우덕순의 얼굴을 돌아보며 대답했다.

"겨울을 견딘 자에게만 오겠지요."

안중근이 대답하자 우덕순이 고개를 끄덕였다. 아마도 우리는 그 봄을 보지 못하겠지요, 라고 속으로 되뇌이는 것 같았다. 우덕순은 코트 깃을 잔뜩 세우고 다시 잠을 청했다. 오늘 저녁이나 되어야 하얼빈에 도착할 것이다. 미리 한숨 자두는 것이 좋을 것이다. 안중근은 눈을 감았지만 이토가 하얼빈에 온다는 생각을 하니 쉽게 잠을 이룰 수가 없었다. 안중근은 객차를 가로질러 승하차 구간으로 갔다.

'우리는 지금 어디로 가고 있는가? 과연 내가 가는 길이 나의 길인가?'

벌판을 가로지르는 철로에서 등줄기를 쓸어내리는 만주 벌판의 칼바람이 차창 틈으로 스며들어왔다. 조선에서는 느낄 수 없었던 추위였다. 하등실의 허름한 객차로 스며드는 한기가 날카로웠다. 승객들은 대부분 러시아 사람과 중국 사람들로 보였다

안중근은 기차 안에서 지나온 일생을 뒤돌아보며 성찰했다. 품안에 있는 브라우닝 권총을 만지작거리며 끝이 보이지 않는 만주 벌판을 다시 바라보았다.

두 사람은 벌써 몇 시간째 아무런 이야기도

나누지 않았다. 마치 러시아 사람들이 올려놓은 선반 위의 짐짝들처럼 온몸이 흔들리고 있었다.

"하얼빈에는 아는 사람이 있습니까?"

우덕순이 다시 그런 말을 던졌다. 그들은 러시아 말을 전혀 할 수 없어 매우 불편했다. 이럴 때 러시아어에 능통한 동지가 있다면 큰 도움이 될 것이다. 그때 객차는 수분하역에서 한 시간 가량 쉬었다 간다고 했다.

수분하역 앞에는 유경집이 의원을 운영하면서 살고 있었다. 의사인 그는 안중근이 아플 때 돌봐 주고, 자금도 지원해 준 인물이었다. 안중근은 우덕순에게 이 사실을 말했다. 두 사람은 서둘러 기차에서 내렸다.

유경집은 반갑게 안중근을 맞아 주었다. 간단하게 인사를 하고 서둘러 부탁했다.

"제가 하얼빈에 가족을 만나러 가는데, 러시아 말을 몰라 매우 답답합니다. 동행할 사람을 한 명 구할 수 있을까 해서 이렇게 갑자기 찾아뵈었습니다. 항상 급한 일로만 만나서 죄송합니다."

"아닙니다. 사실이 이러한데요. 가족들을 하얼빈으로 불러들인다니 제가 다 기쁜 일입니다.

마침 제 자식을 하얼빈에 보낼 생각이었습니다. 약재를 구할 일이 있어서요. 동하야, 거기 있느냐? 어서 와서 인사 드려라. 안중근 선생이 오셨다."

유경집은 자기의 아들이 안중근 선생을 존경하니 매우 좋아할 것이라는 말로 미안해하는 두 사람의 마음을 씻어주었다. 유동하는 열여덟 살이었지만 아직 솜털이 보송보송한 어린아이처럼 보였다. 유경집은 자랑스럽게 아들을 안중근에게 소개했다.

"인사드려라. 이분이 안응칠 선생이시다. 러시아 말을 모르시니 옆에서 잘 모셔야 한다."

안중근은 우덕순, 유동하와 함께 다시 하얼빈행 열차에 올랐다.

"조금 있으면 하얼빈입니다."

곁에 앉아 있던 우덕순이 말했다.

하얼빈에 가까워지자 안중근은 문득 엔치야 부근에서 머물다가 블라디보스토크로 떠났을 때가 떠올랐다. 보로실로프 항구에서 배를 타고 블라디보스토크로 떠나기 전 안중근은 갑자기 걷잡을 수 없는 상실감에 시달렸다. 낙엽이 떨어지던 어느 가을날의 일이었다. 그것은 안중근이 단지를 하고 동지들과 나라를 위해 몸을 바치겠다고 결의한 여파였을까? 그때부터 한동안 안중근은 마치 호랑이 꼬리를 잡고 있는 심경으로 나날을 보냈다.

10월 22일 밤에 하얼빈에 도착한 안중근 일행은 유경집이 소개해준 김성백의 집을 찾아 나섰다.

안중근 일행이 마차를 타고 김성백의 집에 도착했을 때 마침 김성백은 집에 없었다. 김성백 부인의 안내로 집으로 들어가 여독을 풀고 있을 때 안중근의 도착 소식을 듣고 김성백이 달려와 반갑게 맞아 주었다. 김성백은 자신이 잡고 있는 안중근의 손이 어떠한 일을 할 손인지 짐작조차 하지 못했다. 다만 먼 길을 오느라고 피곤에 지친 얼굴과 헝클어진 머리카락을 보니 가슴이 아팠다.

김성백이 말했다.

"눈빛이 형형합니다. 안 형의 이야기는 전에 들어 알고 있습니다."

안중근이 답했다.

"세상이 어두워 스스로 눈을 밝혀야하니 그런 모양입니다. 하지만 한 치 앞도 제대로 보이지 않습니다. 이렇게 반겨 주시니 오랜 기차여행의 여독이 저절로 풀립니다."

김성백은 두 살 때 함경북도 종성읍을 떠나 러시아 옌하이저우 우스리스크로 이주했다. 그 후 그는 러시아에 귀화하여 러시아 국적을 획득하고, 러시아 이름 '치온 이바노바치 김'으로 불리며 러시아의 동방정교회활동을 하기도 했다. 그는 건설업자로서 러시아 동청철도 건설에 참여한 인연으로 하얼빈에 거주하게 되었다. 1907년 가을에 하얼빈으로 이사를 와 러시아식 단층 목조 건물에 살았다. 그는 러시아 관헌들도 함부로 할 수 없는 지역의 유력자였다.

당시 김성백은 하얼빈 조선인들의 생활고를 해결해 주기위해 조직된 '한민회'의 회장이었다. 한민회는 1909년 7월 27일 하얼빈에 거주하는 조선인 70여 명이 모여 만든 조직으로, 중국 내 소수민족으로서 당해야만 하는 어려운 문제들을 해결하기 위한 자치 조직이었다. 러시아 관헌이 러시아 국적을 가지고 있으면서 왜 조선인들의 자치 조직인 '한민회'를 만들었느냐고 묻자 김성백은 이렇게 대답했다.

"하얼빈을 찾아오는 조선인들은 이곳의 사정을 잘 모르기 때문에 거리에서 방황하는 꼴이 되는 경우가 많다. 그래서 이곳 사정에 밝은 내가 회장에 취임한 것이다."

두 주먹으로 먹고살기 위해 하얼빈으로 흘러들어온 많은 조선인들은 경제적으로 약자였기에 죽어서 무덤조차도 제대로 갖추지 못했다. 시체들은 임시 무덤을 만들어 매장했는데 비라도 오면 자주 침수되었고, 개들이 무덤을 파헤쳐 인골이 나뒹구는 끔찍한 일도 벌어졌다. 김성백은 러시아 관헌들에게서 토지를 빌려 조선인 묘지를 세워 이 같은 난처한 처지를 모면하게 했다.

그는 어려운 동포들의 생활고를 해결해 주는 한편, '한민회'를 기반으로 회원들의 힘을 모아 하얼빈에 조선인 학교 '동흥학교'를 세우고 교육 사업에 투신했다. 김성백은 유경집의 집에서 처음으로 안중근을 소개받았는데, 이미 그가 독립운동가임을 잘 알고 있었다.

비록 안중근의 거사를 알지는 못했지만, 김성백은 거사가 있도록 도와준 유력자였다. 안중근의 가족은 정대호의 안내로 거사가 끝난 후에 하얼빈에 도착했다. 그때 안중근의 부인 김아려 여사와 두 살, 네 살 된 두 아들도 김성백의 집에 머물렀다.

김성백의 집은 언제나 사람들이 모여드는 집으로 통했다. 그는 조국의 어려운 실정을 통감하면서 비밀 항일조직인 '대한국민회 만주리아 총회'의 회장도 겸임했다. 이것은 주변 지역의 지방 독립운동을 이끄는 조직이었다.

하얼빈 주재 일본 총영사관은 일본 외무대신 앞으로 보내는 보고서에서 김성백에 대해 "반일파 조선인들의 수령이다", "한민회는 반일 사상을 선동하는 중심이다"라고 적었다 일본 영사관에서는 김성백을 요주의 인물로 다루었다. 김성백은 안중근의 거사 이후에도 하얼빈에서 기반을 닦아 1912년에는 지금의 지단가 40호에 있는 2층 벽돌집에서 살면서 자신의 마차를 타고 외출을 할 정도로 부자로 살았지만, 결국 일제의 감시로 반일 활동을 하기 힘들어지자 1917년에 다시 러시아로 이주했다.

10월 23일 아침, 안중근일행은 시내로 나가

이발을 했다, 시내의 분위기를 살피면서 안중근과 우덕순은 옷을 구입했다. 그리고 세 사람은 함께 사진을 찍었다. 유동하는 누구의 의견으로 사진을 찍는지는 기억하지 못한다고 진술했다. 유동하는 당시 머리를 깎고 옷을 사고 사진을 찍는 행위가 어떤 의미였는지 이해하지 못했겠지만, 안근과 우덕순에게는 마지막 준비이자 각오를 다지는 순간이었을 것이다.

중국인 사진관에서 촬영했다고 알려진 이 사진에는 안중근, 우덕순, 유동하의 순서로 세 사람의 당시 모습이 보인다. 사진 속의 안중근과 우덕순은 비장하다기보다 온화한 표정을 짓고 있다. 이발하고 옷을 산 것이야 의심을 사지 않을 만큼 깔끔하게 보이기 위해서였기도 하겠지만, 사진을 찍은 데에는 어떤 특별한 의도가 있지 않을까? 점심 무렵 김성백의 집으로 돌아온 안중근은 이토 히로부미의 하얼빈 행에 대한 기사를 보았다. 9월 12일, 그러니까 양력으로는 10월 25일 밤에 창춘[長春]을 출발한다는 것이었다. 더욱 정확하게는 창춘 교외의 쿠안청쯔(寬城子)에서 열차가 출발한다는 것이다. 다음 날인 10월 26일 하얼빈에 도착하리라는 것은 이때 짐작할 수 있었겠지만, 기사 내용이 정확한지는 아직 알 수 없는 상황이었다. 더욱 믿을 만한 정보를 확인하는 동시에 이제 구체적인 작전을 준비해야 했다.

안중근과 우덕순은 유동하 외에도 통역이 필요하다는 데 의견을 같이 했다. 이에 선택한 인물이 바로 조도선이었다. 일본 측에서 미하일로프가 주도한 대동공보사의 회합에 참석했다고 추정했던 그 사람이었다. 조도선은 과거 블라디보스토크에서 살았던 적이 있지만, 9월 중순에는 이미 세탁업을 하기 위해 하얼빈에 머물고 있었다.

안중근과 우덕순은 김형재(金衡在)를 통해 김성옥의 집에 머물고 있는 조도선을 찾아갔다. 김형재와 김성옥은 모두 하얼빈 동흥학교를 설립하고 운영하는 데 참여했던 이들이다. 김현재는 조도선에게 안중근과 우덕순을 <대동공보>의 수금 일을 한다고 소개했고, 안중근은 조도선에게 가족을 마중하는 일을 도와 달라고 부탁했다. 처음에 망설이던 조도선은 결국 통역일을 맡기로 했다.

한편 안중근과 우덕순은 경비를 더 마련할 필

요가 있었다. 이날 시내를 둘러볼 때 하얼빈역
의 경비가 삼엄한 것을 보았고, 그래서 하얼빈
이 아닌 다른 장소도 찾을 필요가 있다고 판단
했기 때문이다. 두 사람은 의논 끝에 유동하를
통해 김성백에게서 돈을 빌리기로 계획을 세웠
다. 유동하가 돈을 어떻게 갚을 지를 계속 물었
기에 때문에 안중근은 대동공보사의이강에게
돈 갚을 것을 부탁하는 편지를 쓰기로 했다.

 유동하가 김성백을 찾아간 동안에 안중근은
이강에게 편지를 썼다. 그런데 그 편지에는 50
원을 차용하니 갚아달라는 부탁만을 쓴 것이
아니었다. 이토의 도착 예정 시간에 대한 정보
와 쿠안청쯔에서 조금 떨어진 역에서 결행할
것이라는 계획까지 기록했고, 편지 끝에는 두사
람의 도장을 찍었다. 실상 이 편지는 '거사의
목적을 신문을 통해 공포하고자 하는 의도'에서
작성한 것이었다.

 안녕하십니까.
 이달 9일 (양력 10월 22일) 오후 8시 이곳에
도착하여 김성백 씨 댁에 머물고 있습니다.
<원동보>에서 보니 이토는 이달 12일 (양력

10월 25일) 러시아 철도 총국에서 특별히 배려한 특별열차에 탑승하여 이날 오후 11시쯤 하얼빈에 도착할 것 같습니다.

우리는 조도선 씨와 함께 저의 가족들을 맞으러 쿠안청쯔에 가는 길이라 말하고 쿠안청쯔에서 거의 십여 리 떨어진 정거장에서 때를 기다려 그곳에서 일을 결행할 생각이오니 그리 아시기 바랍니다. 이 큰일의 성공 여부는 하늘에 달려 있으니, 동포의 기도에 힘입어 성공하게 되기를 간절히 바랍니다. 그리고 이곳의 김성백 씨에게서 돈 50원을 차용하니, 속히 갚아 주시기를 천만 번 부탁드립니다.

대한 독립 만세 9월 11일 오전 8시

* 오늘 아침 8시에 출발하여 남쪽으로 갑니다.

뒤에서 다시 살펴보겠지만 안중근과 우덕순은 편지를 쓰는 자리에서 자신들의 심회와 결의를 담은 노래도 지었다.

그렇지만 유동하는 김성백에게서 돈을 빌리지 못한 채 돌아왔다. 이 편지는 결국 부치지 못한 편지가 되어 거사 후에 일본 검사에게 압수당

한다. 난감한 상황이었지만, 안중근과 우덕순은 그대로 계획을 진행시키기로 했다. 조도선과 함께 열차를 타고 남쪽으로 내려가 출발지인 쿠안청쯔와 도착지인 하얼빈 사이에서 적당한 장소를 찾기로 한 것이다.

애초에 안중근은 쿠안청쯔에서 이토를 저격하는 것이 성공 확률이 높을 것이라고 확신했다. 그렇다면 바로 쿠안청쯔로 가야만 했다. 하지만 안중근의 호주머니에는 여비가 없었다. 대사를 앞두고 쿠안청쯔까지 갈 여비가 없다는 것이 이토 저격을 앞둔 안중근의 처지였다. 이러한 경제적인 어려움 앞에서 안중근은 김성백에게 돈을 차용하기로 결정하고 편지를 보내려 한 것이다.

안중근의 현실은 이러했다. 이토 암살이라는 의거를 하는 투사에게 여비조차 지원되지 않는 현실이었다. 거사가 비밀스럽게 진행된다는 점을 감안해도 너무나 허술한 준비가 아닐 수 없었다.

하지만 이런 현실을 불평할 시간이 없었다. 그렇다면 여비가 되는 곳까지 가봐야 한다는 판단을 내렸다. 두 사람은 수중에 있는 돈 30원으로 하얼빈에서 차이자거우 역으로 향했다. 차이자거우 역은 쿠안청쯔를 출발한 이토의 특별열차가 잠시 쉬어 가는 역이다.

안중근, 우덕순, 조도선은 12시 13분에 차이자거우역에 도착했다.

함께 도착한 안중근 일행은 이제 구체적인 활동 방법을 결정해야 했다. 그 과정이 어떠했는지 안중근과 우덕순의 기록을 통해 살펴보자.

[가] 나는 기차를 타고 남쪽으로 떠나 차이자거우 쪽에 도착했다. 기차에서 내려 묵을 곳을 정한 다음 정거장의 직원에게 물었다.

"이곳에는 매일 몇 번씩 기차가 왕래합니까?"

"매일 세 번씩 왕래합니다. 그런데 오늘밤에는 특별열차가 하얼빈에서 창춘으로 갑니다. 이 기차는 일본의 대신 이토를 맞이하여 모레 아침 6시쯤 여기에 올 것입니다."

이처럼 분명한 소식은 근래 처음으로 확실한 정보였다. 그래서 다시 깊이 헤아려보았다. '모레 아침 6시쯤이면 아직 날이 밝지 않았을 시점이다. 그러니 이토는 분명히 정거장에 내리지 않을 것이다. 만약 내린다고 해도 어둠 속에서 진짜인지 가려낼 수 없을 것이다. 게다가 나는 이토의 얼굴을 알지 못하니 어찌 거사를 할 수 있겠는가? 다시(특별열차가 출발할) 창춘 쪽으로 가보고 싶지만, 여비가 부족하니 어쩌면 좋단 말인가?'

이리저리 생각해보아도 마음만 몹시 괴롭고 답답했다. 그때 유동하에게 '우리는 여기서 하차했다. 만약 그곳에 긴급한 일이 있으면 전보를 쳐주기 바란다'고 전보를 보냈는데, 황혼 무렵에 답전(答電)이 왔다. 그런데 말의 뜻이 도무지 분명치 않아서 의아스러운 바가 적지 않았다. 그날 밤 충분히 깊이 헤아리고 다시 좋은 방책을 생각해 보았다. 이튿날 우덕순과 상의하면서 이렇게 말했다.

"우리가 이곳에 함께 머무는 것은 좋은 방법이 아니오. 첫째는 돈이 부족하고, 둘째는 유동하의 답전 내용이 매우 의심스럽고, 셋째는 이토가 내일 날이 밝기 전에 이곳을 지나간다면 분명히 일을 치르기 어려울 거요. 만약 내일의 기회를 놓친다면, 다시 일을 도모하기는 어려울 것이오. 그러니 그대는 오늘 여기 머물러 내일의 기회를 기다렸다가 상황을 봐서 행동하시오.

나는 오늘 하얼빈으로 돌아가겠소. 내일 두 곳에서 거사하면 가장 효과적일 것 같소. 만일 그대가 성공하지 못하면 내가 반드시 성공해야할 것이요. 만일 내가 성공하지 못하면 그대가반드시 성공해야 할 것이요. 만약 두 곳에서 모두 뜻대로 되지 않는다면, 다시 활동자금을 마련한 뒤에 거사에 대해 상의합시다. 이것이 만전책(萬全策)이라 할 수 있을 것이오."

이에 서로 작별하여, 나는 기차를 타고 하얼빈으로 돌아왔다.

[나] (차이자거우) 역장은 러시아 헌병 중좌였는데, 그에게 우리의 사정 이야기를 했더니 친절하게 대해 주었다. (……) "한국에서 가족이오므로 마중 나왔는데 기차가 어떻게 다니는지모르겠다"고 말했더니 그는 "모레는 일본의 이토 공이 아침 6시에 이리로 지나서 하얼빈에 9시쯤 도착할 예정이므로 특별열차를 창춘까지보냈다"고 묻지도 않은 대답을, 또 우리가 알고자 하는 말을 해줍디다. (……) 둘(안중근과 우덕순)이 변소에 들어가 의논하였습니다. 6시면아직 어둡고 그런 귀인(貴人)이 밖에 나오지 않을 것이므로 둘이 이 한 목만 지키고 있다가는

실패하기 쉬우니, 하나는 여기 있고 하나는 하얼빈으로 다시 들어가 지키기로 결의하였습니다. 안중근은 차이자거우를 지키고 나는 하얼빈에 다시 들어가 그 목을 지키기로 하였습니다. 그 밤을 자고 나서 안중근이 변소에 또 같이 가자고 하기에 따라갔더니, 안중근은 자기가 하얼빈을 지키겠다고 주장하더군요.

차이자거우역에서 직원에게 정확한 정보를 얻었으며 하얼빈과 차이자거우 두 곳에서 이토를 기다리기로 결정했다는 사실은 두 사람의 기록에 공통적으로 나타난다. 물론 정보를 알려준 직원의 신분이나 두 사람이 한 일에 대한 설명에는 차이가 있지만, 24일에 구체적인 계획을 결정한 과정에 대한 서술은 큰 차이가 없다. 즉 정확한 정보를 얻은 결과 차이자거우에서만 결행하기는 어렵다고 판단했고, 현실적인 조건을 고려할 때 하얼빈과 차이자거우의 두 곳에서 기회를 엿보도록 결정한 것이다.

안중근이 언급한 유동하의 답전은 저녁 7시 무렵에 온 것으로 알려졌다. 그 내용은 "내일아침에 온다"라는 짤막한 것이었다. 내일이라면

25일이므로, 차이자거우역에서 얻은 정보가 혹시 잘못된 것은 아닌지 의심할 만했다. "유동하의 답전이 매우 의문스럽다"라고 안중근이 말한 것은 이 때문일 것이다. 유동하는 하얼빈 사람들이 수근대는 소리를 듣고 그렇게 잘못된 정보를 제공한 것이었다.

한편 안중근은 기차 안에서 또는 차이자거우역에서 우덕순에게 탄환을 나누어주었다고 진술했다. 우덕순은 자신도 탄환을 갖고 있었지만, 만일의 상황에 대비하여 안중근이 주는 탄환을 받았다고 진술했다. 두 곳에서 결행하기로 한 이상 탄환을 나눠 준 행동이 이상할 것은 없어 보이지만, 신문과 공판 과정에서 '안중근이 나눠 준 총탄'은 문젯거리가 된다. 그것은 이 탄환이 '덤덤탄'이라고 불리는 특수한 것이기 때문이었다. 덤덤탄은 "탄환의 끝 부분에 십자형(十字形)을 새겼는데, 이는 한 번 사람의 몸에 적중하면 비상한 상해를 주는 것"이어서 당시에 공식적으로는 사용이 금지된 것이었다.

안중근은 왜 덤덤탄과 같은 금지된 탄환을 사용했을까? 그 정확한 이유는 아직까지 밝혀져 있지 않다 안중근은 이에 대해 윤치종(尹致宗)

에게 총과 함께 얻었다거나 블라디보스토크에서는 관습적으로 탄환의 끝에 십자형을 새긴다고 진술했다. 안중근의 딸인 안현생(安賢生, 1902~1960)의 수기에 "은방을 한 경험이 있는 우덕순'이 탄환을 변형했다고 언급한 바는 있지만, 이 또한 소문이나 추정에 불과하다. 요컨대 덤덤탄 문제에 대한 진실은 아직까지 밝혀지지 않은 것이다.

그런데 안중근을 다룬 전기물이나 영화 가운데는 이 덤덤탄에 특별한 의미를 부여한 사례가 적지 않다. 그 이유는 다음과 같은 진술에서 찾아볼 수 있다.

어떤 속설에는 십자를 새기면 탄환이 더 강하게 된다고 하는데, 필자의 생각으로는 그렇다면 원래 생산할 때 십자를 새겨 넣으면 되지 않느냐고 반문하고 싶다. 독실한 신자였기에 정의의 탄환에 십자를 새기지 않았나 싶다.

천주교인으로서의 안중근에 특별히 주목한 이 전기에서는 안중근이 의도적으로 십자형을 탄환에 새겼을 것이라고 추정하고 있다. 즉 종교적인 상징을 담음으로써 탄환이 이토를 징벌하는 정의의 도구가 될 수 있도록 했다는 것이다. 과연 그랬는지는 의심스럽다. 탄환을 생산할 때 십자형을 새겨 넣는 것이 금지된 일이었음은 물론이며, 천주교인인 안중근이 사람을 상하게 하는 물건에 종교의 상징을 부여했을 것 같지는 않다. 그 사람이 이토라 해도 그렇다. 결론을 내리기는 어렵다. 안중근이 종교적 상징의 의미로 탄환에 십자를 새겼다는 진술은 지나친 것 같다.

10월 25일, 차이자거우역에서 결정한 계획에 따라 안중근은 하얼빈역으로 돌아왔다. 그는 유동하를 만나 전보의 내용에 대해 따져 물었는데, 이에 유동하는 변명만 하고 나가버렸다고 한다. 이후 안중근은 차이자거우 역으로 가지 않고 하얼빈에 머물렀다.

모든 준비를 끝낸 안중근은 하얼빈 김성백의 집에서 밤을 보냈다. 차이자거우역 앞의 상점방에서는 에서는 우덕순이 조도선과 함께 각오를 다지고 있었다. 이들은 두 곳에서 각기 이토가 탄 특별열차가 도착하기를 기다리고 있었다.

4장
이토 히로부미 하얼빈으로 향하다

안중근이 하얼빈으로 가는 기차를 타기 전, 이 토는 1909년 10월 18일 다롄 부두에 상륙했 다. 이토가 도착하자 러시아는 귀빈열차를 보내 이토를 뤼순으로 안내했다. 뤼순은 러일전쟁 당 시 유명한 전투지였던 203고지가 있는 곳이다. 이토는 203고지를 참배하고 시를 지었다.

이토가 일본의 유신 3걸을 비롯한 정치인들 중에서 유독 조선인들의 분노를 사고, 지금까지 도 반일 감정의 원조가 된 까닭은 무엇일까? 사실 근대일본 정치인 중에서도 이토는 조선에 대해서 비교적 유연한 정책을 편 사람이라고 스스로 평가했다. 그는 전쟁이 자국에 미치는 악영향을 잘 알고 있었다. 얼마나 많은 사람들이 희생되는지도 잘 알고 있었다. 전쟁보다는 외교와 전략으로 창칼을 쓰지 않고 이기는 것이 상책이었다.

정한론, 즉 조선을 총칼을 앞세워 단번에 쓸어버려야 한다는 정한론에 대해 이토는 정치적으로 다른 입장을 가지고 있었다. 일본의 정치인으로서 조선을 정벌해야 한다는 생각은 일치했지만 방법론에서 달랐던 것이. 이토는 자국의 이익을 먼저 생각했다, 이토의 정치적인 생애에서 '정한론'과 '반장한론'이 부딪친 정한론의 시기는 매우 극적이었으며, 그것은 이토의 정치적인 모습을 잘 보여준다고 학자들은 평가한다.

1868년 대원군은 한일 양국의 국교 회복을 청하는 일본 정부 사신의 접견을 거부했다. 이를 계기로 1872년까지 조선과 일본의 정부는 외교적으로 타협점을 찾지 못하고 표류하게 된다. 당시 일본인들은 부산의 일본공관에서 온 보고서에 조선 내부의 대일관이 다음과 같이 적혀 있는 것을 보고 분노했다.

그들은 서양 오랑캐의 제도를 받아들이고도 부끄러워하지 않으며, 자신들의 모습을 바꾸고 풍속을 바꿨다. 이들을 일본인이라 할 수 없다. 우리 땅에 굳이 왕래하는 것을 허락해서는 안 된다.

대원군의 쇄국정책과 더불어 근대화된 일본을 제대로 파악하지 못한 당시의 정황이 잘 적혀 있다. 조선에게 일본은 아직도 미개한 오랑캐일 뿐이었다. 한편 부패와 서양열국의 침략으로 다 쓰러져 가고 있던 청나라와는 관계를 유지하고 있었다. 일본은 미국 페리 제독의 함대에 치욕적으로 개항을 당한 후, '유신'을 거치고 나서 국가 발전에 박차를 가하여 정치·경제·교육·군대를 서구화하면서 막강한 힘을 기르고 있었다. 조선은 일본이 조선에 보낸 문서에 쓰여진 '황칙(皇勅)'이라는 글자를 문제 삼아 문서를 접수하는 것조차 거부했다. 조선은 중국과 조공 관계를 맺고 있었기 때문에 일본의 황칙 운운은 경우에 맞지 않는 일이었다. 이러한 국제 문제를 놓고 일본 내부에서는 여러 가지 의견이 나왔다. 정치인들 중에는 부산에 있는 일본인들을 위해 군대를 보내자는 사람도 있었다.

그때 정한론자인 사이고 다카모리는 반대했다. 이유는 자국민 보호도 중요하지만 군대를 보내면 쇄국정책을 펴고 있는 조선을 자극해 최악의 사태, 즉 전쟁이 날 수도 있다고 보았기 때문이다. 따라서 그는 우선 사절을 보내 교섭에 임해야 한다고 주장했다. 사절을 보내면 조선이 홀대할 것이고 그것을 빌미로 전쟁을 할 계획이었다.

이 의견을 오쿠마가 반대했다. 전권사절을 보낸다고 일이 잘 해결될 기미가 없고, 역시 전쟁이 벌어질 수 있다. 일본의 당시 재정으로는 조선과 전쟁을 하는데 필요한 전비를 조달할 수 없다고 판단한 것이다.

하지만 이 의견은 무시되고, 이타가키의 파병안과 사이고의 조선 사절단 파견안 중에서 하나를 선택해야 했다. 하지만 결론적으로 둘 다 비슷한 내용이었다. 이유를 만들어 전쟁을 하는데, 어떤 방식을 택할 것인가가 문제였다.

1873년 일본에서는 메이지유신의 핵심 인물인 사이고 다카모리를 중심으로 한반도를 공격하자는 정치적인 움직임이 강하게 일게 된다. 이들은 조선에 사절단을 보내기로 하고, 그 사절단장으로 사이고를 내정했다. 조선이 사절단을 거절할 것을 염두에 두고 한 결정이었다. 조선이 사절단을 거부한다면 무력으로 부산을 개항할 생각이었다.

한편 이토는 반정한론자의 편에 서서 탁월한 정치적 감각으로 당대 정치 거물과 물밑 작업을 능수능란하게 전개했다. 이토는 스승인 요시다 쇼인으로부터 '주선자'로서의 능력을 인정받았다. 요시다 쇼인은 이토를 높이 평가하지 않았지만, 그것은 이토가 모자라서라기보다는 다른 인물들이 더 탁월해서였다.

이때 주선자로서 이토의 역량이 발휘된다. 이토의 반정한론은 조선이 아니라 일본 자국을 위한 정치 투쟁이었다. 오쿠보가 이미 일본 참의원들의 회의에서 조선 사절단 파견을 내정한 상황에서 반정한론을 펼친 근거는 모두 일곱 가지다.

첫째, 신정부 성립 이후 제도 병혁과 증세로 국내가 불안정하다. 사소한 일로도 소란이 일어날 수 있다.

둘째, 국가 재정이 매우 어렵다. 외국 정벌을 일으키려면 증세할 수밖에 없다. 증세하면 인민이 피폐해지고 원한을 갖게 된다. 이를 완화하기 위해서는 지폐를 발행해야 하는데, 이는 물가 상승으로 연결된다. 이어 외채에 의존하게 된다. 외채를 상환할 가망은 없다.

셋째, 부국강병을 수행하는 데는 수년이 걸린다. 이 시점에서 병력을 동원하면 지금까지의 민생 대책이 모두 붕괴되고 만다.

넷째, 전쟁이 벌어지면 외국으로부터 수입이 늘어 금이 유출된다. 젊은이들을 전쟁터에 보낼 경우, 제품 제조 능력이 떨어져 수출이 어려워진다. 함정이나 무기를 외국에서 구입할 경우 재정이 파탄난다.

다섯째, 러시아는 남진을 기도하고 있다. 만약 조선에서 전쟁이 벌어지면 러시아가 어부지리로 덕을 보게 될 것이다.

여섯째, 러시아뿐 아니라 영국도 안심할 수 없다. 일본은 이미 영국에 빚을 졌다. 이를 갚지 못하면 내정간섭을 초래해 일본은 제2의 인도가 된다.

일곱째, 일본은 영국·프랑스와 대등한 존재가

아니다. 현재 그들에게 병력 주둔을 허용하고있
다. 이래서는 독립국가라고 할 수 없다. 이 점
을 수치스럽게 생각하지 않고 조선에 무례를
범하는 것은, 큰 일은 참고 작은 일은 참지 못
하는 것과 같다.

당시 일본에도 영국과 프랑스의 병력이 들어
와 있었다. 반장정론은 조선을 위한 것이 아니
라 일본의 미래를 위한 것이었다. 유신의 주역
들과 일본 정치인들은 일본이 나아갈 방향을
놓고 목숨을 건 자신의 신념을 펼친다.
참의들이 모인 회의에서 사이고의 조선 사절
단 파견 문제는 격론 끝에 다음 날로 연기되었
고, 사이고의 조선 사절단 문제는 파견 쪽으로
결론이 났지만 사이고가 다음 날 회의에 불참
함으로서 전세는 역전되어 버렸다.
여기에는 이토의 뛰어난 비책이 있었다. 대세
에 따르면 당연히 사이고의 사절단이 파견되었
어야 했다. 하지만 반정한론자인 이토는 쉽게
물러나지 않았다. 당시 일본에서는 참의에서 결
정된 사안을 천황에게 보고하고 결재를 받아야
했다. 보고하는 자들은 태정대사인 산조와 우대

신인 이와쿠라였다. 이토는 이 과정을 이용했다. 즉 천황에게 두 가지 안을 상신하자는 비책을 낸 것이었다. 이토는 이렇게 말했다.

"태정대신이 결정된 의견을 상신할 때, 우대신께서는 천황과 국가를 위해 적절하다 판단되는 의견을 말하고, 성단을 받는 것이 어떻겠습니까?"

이것은 대담한 발상이다. 군주에게 두 가지 안을 내고 하나를 선택하라고 하는 것은 가당치 않은 일이었다. 일본 조정에는 그러한 선례가 없었다. 이 말을 들었을 때 이와쿠라는 이토가 하층민 출신이라 조정의 예의범절을 모른다고 무시했을 수도 있다. 이와쿠라는 무사가 아니라 조정의 신하인 구게(公家)였다. 구게는 한 입으로 두말 안 하는 사무라이와는 달리 입장전환이 빨랐다. 그는 반정한론자의 수장인 오쿠보와는 절친한 친구 사이였다.

이와쿠라는 사이고와 오쿠보 사이에서 번뇌하다가 산조가 조정에 들어가는 날 낮잠을 자버렸다. 우대신이 없이 태정대신이 혼자 들어갈 수는 없어 하루를 기다리게 된다. 태정대신 산조는 정한 논쟁이 너무나 복잡하고 거물들끼리의 대결이라, 골머리를 앓다가 결국은 병석에 누워버린다.

다 결정된 사항을 보고하는 임무였지만, 그 보고를 하지도 못하고 병석에 누울 정도로 당시 정한론은 일본 정계의 쟁점이었다. 국가의 존망이 걸린 문제이기도 했다. 태정대신이 공석이되자, 절호의 기화를 잡은 이토는 잽싸게 이와쿠라를 찾아가 우대신인 이와쿠라가 태정대신이 되어 정국을 전환해야 한다고 역설했다. 이토가 이렇게 물밑 공작을 펼치고 있을 때 사이고는 이토를 별로 신경 쓰지 않았다. 자신과는 상대가 되지 않는 하층민 출신의 인사일 따름이었다.

반대로 이토는 사대방의 능력을 파악하는데 뛰어났다. 이토의 집요한 설득으로 이와쿠라는 결국 오쿠보 편에 섰다. 사이고는 다 결정된 사안이라 안심하고 회의에 불참했다가 뒤통수를 맞은 격이었다.

이와쿠라가 천황에게 두 가지 방안을 올릴 계획이란 사실이 알려지자 사이고 측은 맹공을 퍼부었지만, 태정대신 이와쿠라는 23일 의결 내용을 다음과 같이 올렸다.

(조선에) 대사를 파견하는 안건은 거의 정해졌습니다. 신도 이를 알고 있습니다. 그러나 실제로 대사를 파견하는 데는 완급과 순서를 살펴야 합니다. 만약 사절이 모욕을 당할 경우 전쟁으로 이어질 우려가 있습니다. 따라서 제대로 준비하지 않고 사절을 파견한다는 것은 옳지 않습니다.

일본 유신 이래 이러한 보고서는 없었다고 한다. 더구나 천황께 올리는 문서에 사실도 조작해 버렸다.

이달 14일 조선견사를 논의하기 위해 모였습니다. 산조 태정대신 및 이와쿠라는 일의 선후 완급을 고려해 순서를 정해야 한다고 했고, 지금은 사신을 보내서는 안 된다고 보고 있습니다. 대다수 참의가 여기에 동의했습니다. 참의 중 사이고만이 속히 사절을 보내야 한다고 주장했습니다. 15일 다시 이 일을 논의했습니다. 오쿠보, 오쿠마, 오키 세 사람은 자신들의 견해를 바꾸려 하지 않았습니다. 대다수 참의는 사이고의 주장에 동의했고 ,마침내 태정대신도 이를 받아들였습니다.

14일 회의에서 사이고만이 사절 파견을 주장한 것도 아니었지만, 15일 회의에서는 사절 파견에 반대한 사람은 오쿠보 한 사람이었다. 천황이 이와쿠라의 상신을 받아들여 사이고의 조선 사절단 파견은 무산되고 말았다. 결국 사이고는 체면을 잃은 데다 정치적으로 크게 타격을 입어 사표를 내고 시골로 내려갔고, 주위에 있던 젊은 무사들의 권유로 반란(세이난 전쟁)을 일으켰지만 정부군에 의해 토벌되었다.
그런데 역적이어야 할 사이고 다카모리는 메이지유신의 공로를 인정한다는 명분으로 명예가 회복되어 도쿄 우에노 공원에 동상이 세워진다. 본래 이 동상은 황궁에 세워질 예정이었으나 시민들의 사랑을 받는 군인이라는 이유로 사람들의 왕래가 잦은 우에노 공원에 세워지게 되었다.
일본에는 유신 3걸이 있다. 사이고 다카모리, 오쿠보 도시미치, 기도 다카요시다. 사이고는 1827년생으로 오쿠보와 기도보다 연장자이기도 했지만, 유신 3걸을 논할 때 항상 선두에 선다. 일본 근대사에서 매우 중요한 인물이다. 이토는 사이고가 생존했을 때는 정치적으로 미미한 존재였다.

정한론을 내세운 사이고 다카모리의 반란은 진압되고, 2년 뒤인 1875년에 운요호의 강화도 침공으로 강화도조약을 체결하게 된다. 결국 조선은 일본의 무력 앞에 무릎을 꿇었다. 일본의 정한론과 반정한론은 한 배를 타고 있는 사람들의 견해 차이일 뿐이었다.

그들이 조선을 식민지화하려는 의도는 한결같았다. 이 시기에 이토는 반정한론자들에게는 그다지 신경 쓰이는 존재가 아니었다. 사이고를 비롯한 정한론자들도 이토를 염두에 두지 않았다. 하지만 이토는 그러한 상황 속에서도 정확하게 자신의 뜻을 관철하고 결국은 참의가 되어 정치인으로서 입지를 확실하게 다진다.

이때 그의 나이 서른두 살이었다. 한 인물은 일본 정계의 중심으로 막 나아가려는 나이에 안중근은 자신의 인생을 송두리째 내던져 그의 야망을 저지하고 동양 평화라는 원대한 뜻을 이루려고 했다.

미요시 도오루는 <사전 이토 히로부미>에서 정한 논쟁과 이토에 대해서 이렇게 말했다.

정한론, 아니 좀 더 정확하게는 '사이고 조선 파견' 문제를 둘러싼 충돌을 너무 장황하게 설명한 느낌도 있다. 그러나 이 사건은 유신 후 최대 정변이었고, 세이난 전쟁의 계기가 되었다. 이토 히로부미가 살았던 1909년까지 수많은 정변이 일어났으나, 정한론 정쟁만큼 이토의 정치적 생애에 큰 영향을 미친 사건은 없었다. 더구나 이 정변은 여전히 수수께끼에 싸여 있다. 그러나 이토는 40일간 이어진 정변을 통해 일본을 움직이는 정치역학의 깊은 못을 목격했다. 일본적인 정치의 요체가 무엇인지 직접 몸으로 보고 배웠던 것이다.

안중근은 <장부가>에서 이토를 일러 '쥐도적'이라고 썼다. 그는 과연 일본의 입장에서 보면 탁월한 정치가이지만, 안 되는 일을 되게 만드는 권모술수의 대가였다. 정한론의 입장에서 보면 이토는 쥐도적의 면모를 확실하게 보여 주었다. 이 정한논쟁을 계기로 이토는 일본 정계

의 중심부에 진입했고, 그의 파란만장한 인생은
계속된다.

5장
장부가를 짓다

안중근과 우덕순이 대동공보사 이강 앞으로 편지를 쓰는 자리에서 각기 노래를 지었음은 앞에서 말한 바 있다. 안중근은 한문으로, 우덕순은 한글로 각기 한 편씩의 노래를 남겼다. 거사를 앞둔 당시 두 사람의 각오와 심정이 어떠했을지 이들 두 편의 노래를 통해 살펴보고자 한다.

제목을 따로 적어 놓지 않아, 첫 글자인 장부에서 제목을 따 흔히 <장부가(丈夫歌)>라고 부르는 안중근의 노래는 다음과 같다.

장부가 세상에 처함이여, 그 뜻 크도다

때가 영웅을 지음이여, 영웅이 때를 지으리로다

천하를 응시함이여, 어느 날 대업을 이룰 것인가

동풍이 점점 차가워지니, 장사의 의가 뜨겁다

분연히 떨쳐 일어나 나가니 반드시 이룰 것이다

쥐도적 이토여, 어찌 즐겨 목숨을 비기겠는가

어찌 이에 이를 줄 헤아렸으리요, 시세가 진실로 그러하도다

동포 동포여, 속히 대업을 이룰지어다

만세 만세여, 대한 독립이로다

만세 만만세 대한 동포여

이 노래는 <안응칠역사>뿐만 아니라 일본 측의 문서나 당대의 전기물에도 실려 있다.

이 시를 안중근은 처음엔 한자로, 다음엔 한글로 적어 나갔다. 심장이 터져 나갈 것 같아 피를 토하는 심정으로 한자 한자 꾹꾹 눌러 적었다.

이 노래는 얼핏 보면 형가가 읊었다는 <역수가(易水歌)>의 첫 부분, 즉 "바람이 쓸쓸함이

여, 역수는 차갑도다. 장사가 한 번 감이여, 다시 돌아오지 않으리로다"와 시상이 흡사하다. 처지나 상황에 유사한 점이 있기 때문일 것이다.

그렇지만 이 노래에서 지향하는 바는 상당히 거리가 있다. 형가는 다시 오지 않을 것을 각오하고 자신의 처지와 결심을 노래했지만, 안중근은 장부·영웅·장사로서의 목표를 달성할 것을 다짐하면서 동포들의 분발을 촉구했다. 이토를 죽이는 자체로 '대업'이나 '목적'을 달성할 수는 없기 때문일 것이다. 진짜 목표는 대한의 독립을 완전하게 하는 일이며, 자신의 거사는 그 첫걸음일 뿐 완성은 아니라는 것이다.

같은 방 안에서 안중근의 모습을 바라보던 우덕순도 울컥하는 기분을 느끼며 시를 적어나갔다.

만났구나 만났구나, 원수 너를 만나고자
일평생을 원했지만 어찌 그리 더디더냐.
너를 한 번 만나려고 수륙으로 기만 리를
혹은 윤선(輪船) 화차(火車) 갈아타며
아(俄)·청(淸)·양지(兩地) 지날 때에 행랑 검사

할 적마다

하나님께 기도하고 예수 씨께 경배하되
살핍소사 살핍소사 동반도에 대한제국
살핍소사 아무쪼록 저희를 도우소서.
저 간악한 노적(老賊) 놈이 우리민족 2천만구
(二千萬口) 멸종 후에
삼천리 금수강산 소리 없이 먹으려고
궁흉 극악 독한 수단 열강을 속여 가며,
지금 네 명 끊어지니 너도 원통하리로다.
갑오 독립시켜놓고 을사 늑체한 연후에
오늘 네가 북향할 줄 나도 역시 몰랐도다.
덕 닦으면 덕이 오고, 죄 범하면 죄가 온다.
네뿐인지 알지 마라 너의 동포 4000만을
오늘부터 시작하여 하나 둘씩 보는 대로
내 손으로 죽이리라

그렇게 기다리던 순간을 눈앞에 둔 우덕순의
흥분한 마음이 독자에게 전달될 만큼, 유사한
시상이 다양한 표현으로 이어진다. 이토를 죽이
는데 그치지 않고 4천만 인구, 즉 일본 땅에 사
는 "왜구"를 하나하나 다 죽이겠다는 의지까지
보이고 있어 복수를 원하는 마음이 간절하다.

우덕순의 의지와 간절한 소망을 읽어낼 수는 있지만, 한편으로 이러한 인식이나 감정은 안중근과 조금 다른 것이 아닌가 싶다. 적어도 안중근이 만국공법을 내세우며 일본 포로를 풀어줄 때 사람들에게 제시했던 논리와는 거리가 있을 듯하다. 안중근은 일본인들을 모두 죽일 수도 없을뿐더러 그렇게 하는 것이 바람직하지 않다고 했는데, 우덕순은 이토뿐 아니라 다른 일본인들도 다 죽일 수 있다고 했다. 그 바탕에 이토 개인이나 일본에 대한 인식의 차이가 있을 것임을 부정하기는 어렵다.

안중근과 우덕순의 인식에는 차이가 있을지도 모르지만, 적어도 당시의 두 사람의 심정에는 분명한 공통점이 있었다. 그것은 눈앞에 다가온 목표를 달성하겠다는 각오였다.

러일전쟁에서의 승리와 미국 루스벨트 대통령의 주선으로 이루어진 포츠머스 조약은 도약하는 일본 제국주의에 기폭제가 되었다. 적어도 우리 한반도 문제에서만은 그간의 고난을 헤치고 일본이 우선권을 선점하게 된 것이다. 포츠

머스 조약의 일본 전권대사로 협상을 한 고무
라 쥬타로는 조약 2조에 들어간 '대한제국에 대
한 우선권'을 어떻게 운용할 것인지에 대한 구
상안을 이미 협상을 마치고 귀국하기 전부터
준비해 놓고 있었다.

그의 구상 중에서 핵심은 대한제국의 외교권
을 박탈하는 것과 조속한 시기에 일본의 병력
을 파견하는 것이었다. 이 고무라의 구상이 우
리나라 역사에 치욕적인 을사늑약으로 현실화
되는 것이다. 고무라는 조선에 대한 이러한 조
약 체결을 하야시에게 일임하려고 하였으나 이
막중한 임무를 맡을 사람은 일본에서는 이토밖
에 없다는 현실을 개달았다.

이토에게 대한제국 문제에 대한 이러한 의견
을 타진하자 이토는 역시 즉각 수락하였다. 포
츠머스 조약에서 러시아 전권대사인 비테와의
협의 중에 반드시 대한제국의 동의를 얻어야
한다는 기록이 의사록에 남아 있었기 때문에
총칼로 해결될 문제가 아니었다. 대한제국의 고
종 황제에게 천황의 친서를 전달한다는 표면적
인 이유를 들어 이토가 조약 체결을 위해 떠나
게 된다. 이때 이토의 마음가짐에 대해 미요시

도오루는 <사전 이토 히로부미>에서 이렇게 쓴다.

결과적으로 이토는 이 임무를 수락함으로써 하얼빈 역에서 암살당하는 운명으로 발을 내디딘 것이다. 이토는 당시까지 수차례 생사의 갈림길에 선 적이 있었다. 젊은 시절 영국유학에서 조슈번으로 돌아왔을 때나, 공산사에서 다카스키 신사쿠 거사에 동참했을 때도 그랬다. 바람의 방향이 조금만 바뀌었다면 그는 생명을 부지하지 못했을 것이다. 이토는 그런 사실을 알고도 자신의 생명을 도박에 걸었다. 잃을 것이라고는 목숨밖에 없었기 때문이다. 이토는 지위도 명예도 없는 하급 무사에 불과했다. 또 1873년 가을 정한파와의 대결에서도 패배하면 정권에서 쫓겨날 처지였다.

이제는 정한파와 대결하던 시절의 이토가 아니다. 이토는 지위와 명예를 가지고 일본 국정을 좌지우지하는 인물이었다. 이토가 이미 자신이 가지고 있는 것에 집착했다면 조선 통감 직을 거절했을 수도 있었다. 하지만 기록을 보면 이토는 주저한 적이 없다. 이토는 참으로 묘한 인물이다.

역사에 '만약'은 없다. 하지만 만약에 이토가 조선통감 직을 거절했다면 그 자리에 들어선 일본의 다른 정치인이 조선의 주적이 되었을 것이다.

이토는 산전수전 다 겪은 노회한 정치인이었다. 안중근 의사가 그를 쥐도적이라고 표현한 이유도 그가 잘 파악되지 않는 교묘한 인물이기 때문이다. 이토가 조선 통감 직을 쉽게 수락한 것은 정치적으로는 잘 이해가 되지 않을 수도 있다.

사람은 누구나 살고 싶어 한다. 천박한 하급 무사 출신인 이토가 권력의 중앙에서 사지인 조선으로 떠나는 모습은 일본인들에게는 매우 자랑스러운 일이었다. 하지만 일제강점기의 조선인들에게는 '원수'로 남게 된다. 이토가 이 사실을 몰랐을 리 없다.

이러한 자신의 행동에 대해, 이토는 훗날 하얼빈으로 떠나기 전에 자신의 아들에게 "천하의 일을 추진하려면 목숨을 걸어야 할 경우가 생긴다"라는 말을 남겼다. 그리고 유산 문제와 같은 재산정리도 통감으로 부임하기 전에 마쳤다.

주변을 깨끗이 정리하고 이토는 조선으로 떠난다. 근대 일본의 성장기에 목숨을 걸고 자신의 뜻을 펼친 인물들은 메이지유신 3걸 이외에도 수없이 많다. 을사늑약으로 분노한 마음을 품은 우리나라의 선비들도 마찬가지다. 당시 제국주의로 치닫던 일본에 대한 항쟁의 기폭제가 되었던 안중근 의사의 마음을 한 조각이라도 이해하기 위해서는 조선에서 고종과 황실을 농락한 정황을 알아야 한다.

"일본 천황이 신임하는 추밀원 의장 정2위 대훈휘 후작 이토 히로부미" 이 거창한 직함은 이토가 조선에 들어올 때 일본 천황이 써준 친서에 나오는 내용이다. 이 친서를 들고 이토는 1905년 11월 9일 서울에 들어와, 10일 고종에게 일본 왕의 친서를 바친다.

이토는 발 빠르게 을사늑약을 추진했다. 을사늑약은 외교권을 박탈하고 조선에 통감을 파견한다는 내용으로, 말이 조약이지 실상은 총칼을 목에 겨누고 도장을 찍어 나라를 일본에 넘기라는 도적질이었다. 다만 국제 관계를 고려해 일본은 이토를 보내 그 문서를 받아오게 한 것이었다.

이른바 국가의 외교적인 관계인데, 제국주의 일본과 이미 나라의 기운이 기울기 시작한 조선은 평등한 관계가 될 수 없었다. 자신의 목숨을 담보로 내걸고 조선에 온 이토는 조금의 여유도 주지 않았다. 고종에게 일본 정부에서 결정한 사항이라고 밀어붙이기 시작했다.

당시 일본 공사였던 하야시의 회고담에 따르면, 을사늑약 당시 조정의 최고 책임자였던 한규설은 비분함을 참지 못해 실신해 버렸다고 기록되어 있다. 한규설은 을사늑약이 체결된 지 25년 후인 1930년에 당시의 비통함을 담은 회고담을 쓴다.

을사늑약의 막중한 책임을 완수한 이토는 당연히 초대 통감으로 지목되었고 그것 역시 받아들인다. 한규설이 회고담에서 밝히고 있지만 고종을 알현한 이토의 오만불손함은 이루 말할 수 없었다. 을사늑약을 체결하고 이토가 천황에게 보고한 '대한제국봉사기적요'에 이러한 기록이 있다.

고종은 이토에게 일본의 이러한 잘못을 지적했다.

명분은 금융 재정 재건이지만 일본의 제일은행이 모두 장악하고, 국고 수입마저 관리하고 있다. 이로 인해 국내 금융은 원활하지 못해 국민은 고생하고 있다. 우편이나 전신도 일본이 장악했고, 짐은 수수방관할 수밖에 없는 상황이다. 또 국방이 완비되지 못했다고 하지만, 현실적으로 대한제국의 군사는 갈수록 규모가 줄어들고 있다. 이로 인해 지방의 도적 하나 진압하지 못하고 있다. 철도 전신 보호 명목으로 군령을 내렸는데, 이를 반대한 자를 그 자리에서 총살하고 있다. 국민의 원성이 나오는 것도 당연하다. 일본은 또 대한제국의 외교권까지 박탈하려 한다. 대한제국은 일본의 진의를 의심할 수밖에 없다. 입장을 바꿔 생각해 보라.

이토는 고종의 준엄한 질타에 노회한 정치인답게 이렇게 대답했다.

폐하는 불만을 말씀하시지만, 제가 한 번 질문을 드려 보겠습니다. 대한제국이 어떻게 오늘날까지 생존할 수 있었겠습니까? 또 대한제국의 독립은 어떻게 보장되었습니까? 폐하는 그런 사정을 알면서도 불만을 말씀하시는 겁니까?

오만한 이토의 모습이 잘 그려지는 문장이다. 조선의 국왕 앞에서 일본의 신하가 이렇게 말했다. 고종은 가슴이 찢어지는 마음으로 계속 물었다.

"형식적으로 외교권을 인정할 수 없겠는가?"

대답은 간단하게 "불가"였다.

이토 히로부미는 이러한 인물이었다.

6장
1909년 10월 26일

새벽 5시, 우덕순은 조용히 눈을 떴다. 어둑한 방에는 점포 주인인 러시아인 부부와 두 딸이 깊이 잠들어 있었다. 이 사람들도 자신들의 조국을 떠나 이 만주에까지 와서 사는구나 싶었다. 그나마 좁은 잠자리도 손님들에게 한켠을 내어 주고 잠들어 있는 러시아 사람들, 그들을 보니 자신의 신세가 더욱 처량하게 느껴졌다.

이토를 태운 열차가 잠시 머물 시간이 다가오고 있었다. 우덕순은 자신의 손으로 이토를 처단하고자 했다.

곁에서 지켜보는 동안 자신이 거사에 성공하고, 안중근은 이 나라의 독립을 위해 기둥과 같은 존재로 살아가가를 간절히 원하게 되었다.

'이 운명을 나에게 주시는 하늘이시여, 이 운명이 안중근은 비켜가게 하소서.'

새벽빛이 창문에 스며들었다. 어제 찻집에서 안중근이 자신에게 준 총알을 넣어 둔 주머니의 촉감이 따뜻했다. 이토의 특별열차가 다가오는 소리가 저 멀리에서 들려오고 있었다. 우덕순은 울컥 눈물이 솟았다. 웬일인지 가슴 속에서 뜨거운 것이 확 솟구쳐 올라왔다.

그때 곤히 자고 있다고 생각했던 러시아인 주인이 부스스 일어나 방 안에 불을 켰다. 그 사람도 역시 오늘 아침 6시에 이토가 잠시 이곳에 머문다는 소리를 듣고 잠에서 깨어 그를 보고 싶어하고 있었다. 우덕순은 잘된 일이라고 생각했다. 이토가 역사에 있는 러시아인의 손이라도 잡아준다면 그때를 이용해 총을 쏘면 될 일이었다.

그런데 러시아인 주인과 함께 문을 열려고 하는 순간, 밖에서 보초를 서고 있던 러시아 병사가 문을 통제하고 나섰다.

"나갈 수 없습니다. 이토 공이 지나갈 때까지 군인들이 이 역을 통제합니다."

우덕순은 잠시 틈을 보았다. 병사들의 움직임이 바빠지고 기차가 멈추는 소리가 들리자 우덕순은 마음이 급해졌다.

"어떻게 나갈 수 없을까요?"

우덕순은 다급하게 조도선에게 물었다.

"러시아 병사와 친하게 지내는 주인도 나가지 못하는데 우리를 내보내 주지는 않을 겁니다."

조도선은 투덜거리며 방 안으로 들어가 다시 자리에 눕는 주인의 모습을 얼핏 보며 중얼거렸다. 어두운 방문을 통해 부산스러운 발소리가 들렸다. 이토가 내린 것인가? 아니면 그냥 기차에 머물러 있는 것인가? 우덕순이 창가에서 밖을 내다보자, 경비병 하나가 손짓을 하면서 어서 들어가라고 했다. 우덕순은 그 순간 거사는 자기의 몫이 아니라고 생각했다. 멀리서 아른거리는 이토의 모습이 보이는 듯 했다. 바로 문을 부수고 뛰쳐나가고 싶었지만, 나서는 순간 러시아 병사들에게 체포되거나 총을 맞을 것이었다. 그렇게 되면 모든 일정이 취소될 것이었다.

하얼빈에서 기다리고 있을 안중근의 얼굴이 떠올랐다.

'그래, 그가 옳다. 이건 내가 할 일이 아니다.

이건 안중근 당신의 일이다.'

우덕순은 호주머니에서 손을 뺐다. 손에서 땀이 흘렀다. 우덕순은 천천히 방으로 들어가 다시 잠자리에 누웠다. 안중근은 이미 이렇게 일이 진행될 것을 알고 있었다는 생각이 들었다. 그는 동지들의 손에 피를 묻히려고 하지 않았다. 독실한 신자인 그가 종교적인 서원을 물리치고 총을 들었다. 그는 희생자였다.

이토가 차이자거우 역에서 하얼빈으로 향하고 있는 그 시간에 안중근은 자리에서 일어났다. 안중근은 기도를 마치고, 무명 손수건을 꺼내 거사에 쓸 권총을 정성을 다해 닦고 또 닦았다. 하얼빈에 도착해서 지낸 며칠이 고국을 떠나 떠돌았던 몇 년보다도 길게 느껴졌다. 그동안 하얼빈에서 입고 있던 옷을 모두 벗어버렸다. 검은색 신사복과 반코트를 입고 거울을 보았다. 단정하고 깨끗한 모습이었다.

차이자거우에서 우덕순 동지의 거사는 어떻게 되었을까? 아마 거사에 성공하지 못했을 것이라는 생각이 들었다. 우덕순이 거사에 성공했다면 하얼빈에서 그 소식을 들을 수 있을 것이다.

안중근은 조심스럽게 대문을 열었다. 문 밖에 서서 잠시 걸음을 멈추었다. 뒤를 돌아볼까 싶 었지만 앞으로 발을 내디뎠다. 안중근은 유동하 가 잡은 마차에 탔다. 지나가는 길거리 사람들 의 발걸음이 분주해지기 시작했다.

아침 7시경, 안중근과 유동하는 하얼빈 역에 도착했다. 아침부터 모여든 일본인들은 상기된 얼굴로 일본의 대정치인을 맞을 준비를 하고 있었다.

"그동안 수고했다."

안중근은 삼엄한 경비를 확인하고 나서 어린 유동하를 돌려보냈다. 유동하는 잠시 멈칫하더 니 자신도 함께 있고 싶다고 했다. 안중근은 그 의 어깨를 두들기면서 말했다.

"네가 할 일은 여기까지다. 잘 돌아가서 부모 님께 효도하고, 가정을 잘 다스리고, 나라를 위 해 어떤 일을 할 것인지 걱정해라. 이곳에서의 일은 아무에게도 말하지 마라. 설사 불미스러운 일이 일어나더라도 나는 너를 보호해줄 것이다. 너는 아무것도 모른다고만 하면 된다. 같이 있 으면 공범으로 취급되어 너에게도 큰 화가 미 칠 것이다. 동하야, 이제 여기까지 왔으니 너의 일은 끝났다. 어떤 일이 있어도 너는 조선인임을 잊지 마라. 어디에서 살더라도 너는 대한국민이다. 일제의 침략에 대항해 목숨을 아끼지 마라. 그것이 우리가 살길이다."

"선생님은 이제 죽으러 가는 길이 아닙니까? 어찌 살길이라고 하십니까?"

유동하가 의아해하는 얼굴이 되며 물었다.

"그래, 나는 이제 죽을 것이다. 하지만 나의 죽음은 사사로운 것이 아니다. 나의 죽음은 이제부터 벌어질 대일 항전의 신호탄이 될 것이다. 일제의 만행을 온 천하에 알려 살아남은 자들의 정신에 스며들게 할 것이다. 내가 할 일은 여기까지다."

유동하는 눈물을 그렁거리면서 안중근을 바라보았다. 안중근은 손수건으로 유동하의 눈물을 닦아 주었다. 유동하가 말했다.

"죽음이 두렵지 않습니까?"

"나도 두렵다. 하지만 대장부라면 그 두려움의 가운데로 들어가야 한다. 그곳은 고요할 것이다. 너는 살아라. 그리고 내 대신 조국의 독립을 보아라."

안중근은 더 이상 머뭇거릴 수 없었다. 멈칫거

리는 유동하의 등을 돌려세우고 앞으로 떠밀었다. 그리고 앞으로 걸어 역내로 진입했다. 기모노 차림의 일본 여인들은 한 손에 일장기를 들고 흔들면서 이토를 환영한다고 큰 소리로 외쳤다. 역으로 진입하는 일은 의외로 수월했다. 일본인들은 자유롭게 입장할 수 있어, 안중근은 쉽게 그들 틈에 끼어 대합실로 들어갈 수 있었다

안중근은 천운을 타고난 사람이었다. 안중근은 하얼빈이 아니라면 다시는 이토를 저격할 수 없다고 생각했다. 백주 대낮에 조선인이 이토를 대면할 기회는 흔하지 않다. 안중근은 일단 환영인파가 몰려드는 하얼빈 역 대합실의 어수선한 분위기를 보고 차이자거우에서 거사가 이루어지지 않았다는 것을 직감할 수 있었다.

안중근은 대합실 가운데에 있는 찻집으로 발걸음을 옮겼다.

아침 9시쯤 되니 이토가 탑승한 초록빛 특별 귀빈열차가 하얼빈 역으로 진입해왔다. 그때 그곳은 사람들로 인산인해를 이루었다. 안중근은 찻집 안에서 동정을 엿보며 생각했다.

'어느 시점에 저격하면 좋을까?'

러시아 경비병, 청나라 군대, 하얼빈에 주재하고 있는 각국의 영사단, 일본인 환영 인파, 그리고 이 대단한 행사를 구경하러 나온 사람들, 이토의 위세가 어느 정도인지 잘 보여주는 모습이었다.

기차가 도착하자 이미 일찌감치 도착하여 기다리고 있던 러시아 재무장관 코콥체프가 이토가 탑승한 열차에 올라탔다. 코콥체프는 이토와 특별열차 안에서 간단하게 방담을 나누었다.

"하얼빈의 날씨가 춥습니다. 먼 길 오셨습니다."

"일본과는 다른 날씨라 정신이 화악 드는군요. 공은 추운 나라에서 사시니 별일이 아니겠지요."

"추은 나라에 사니 따뜻한 남쪽이 더 그리운 법이지요. 우리가 남쪽으로 내려가려고 하는 마음을 이 추위 속에서 이해하시기 바랍니다."

"그렇군요. 서로 이야기를 나누어 봅시다."

서로 인사말을 나눈 뒤 이토는 특유의 눈빛으로 코콥체프를 바라보면서 말했다.

"저는 일본 정부의 뜻에 따라 귀하를 만나기

위해 만주까지 왔습니다."

두 사람은 약 30분간 만주 분할 정책에 대한 대략적인 이야기를 나누었다. 이토는 흡족한 표정으로 코콥체프와 악수를 나누었다. 코콥체프는 그의 유연한 태도를 보면서 러시아가 긴장을 해야 할 것이라고 생각했다. 앞으로 만주를 비롯한 동아시아에서 일본의 영향력이 더 막강해질 것이라고 판단했다. 이토는 회담을 마치고 역을 떠나려고 했지만, 코콥체프가 말했다.

"지금 공을 환영하는 인파가 추운 날씨인데도 한참을 기다리고 있습니다. 저들을 격려해 주시지요.'

"허허, 예복도 갖추지 못했는데."

이토는 잠시 주저했다. 코콥체프는 이토에게 다시 한 번 의장 사열을 해달라고 정중하게 부탁했다

"그럼 잠시 내려가 봅시다."

검은색 프록코트 차림에 중절모를 쓰고, 흰 수염을 길게 기른 이토가 러시아 재무장관과 방담을 마치고 특별열차에서 내려 군중들 앞으로 걸어 나왔다.

다음 순간 군대의 경례와 군악 소리가 하늘을

가르고 안중근의 귀에 흘러들었다.

"이토 공작 반자이(만세)!"

"반자이!"

도열해 있는 일본인 군중은 저마다 손에 든 일장기를 흔들며 열광적으로 환호했다. 이등은 그들을 향해 모자를 벗어 가볍게 흔들며 답례를 했다. 얼굴 가득한 그의 미소에는 의도된 위엄과 거만한 기색이 뒤섞여 있었다.

그 순간 안중근은 분기(忿氣)가 갑자기 일어나고 3천 길 업화(業火)가 뇌리에서 치솟았다.

'무슨 까닭에 사태는 이리 불공평한가! 아아, 이웃 나라를 강제로 뺏고 사람의 목숨을 잔혹하게 해치는 자는 이처럼 기뻐 날뛰면서도 거리낌이 없는데, 죄 없고 어질고 약한 인종은 도리어 이처럼 곤경에 빠지는 것인가?'

이토가 환영을 받는 자리는 안중근의 불같은 성격에 기름을 부었다. 안중근은 먹이를 향해 걸어가는 호랑이 걸음으로 이토를 향해 걸었다. 환영을 나온 관중들은 모두 이토에게 열광하고 있었다.

아무도 안중근의 걸음걸이에 주목하지 않았다. 안중근은 안주머니에 손을 넣어 권총을 잡았다.

방아쇠에 손가락을 걸고 이토를 찾았다. 의장대
는 귀빈 객차 바로 앞에 도열해 있었고 열차에
서 마주 보아 오른쪽으로 청국 군인, 각국 영사
단, 일본 거류민 대표단 순으로 도열해 있었다.
코콥체프는 이토의 오른편에서 반발쯤 앞서 안
내하고 있었다.

'아, 저 사람이란 말인가? 저렇게 작은 노인이
었단 말인가?'

이토라고 생각되는 자는 의외로 작은 노인이
었다. 안중근은 조심스럽게 권총을 꺼내 한 손
으로 잡았다. 이토는 코콥체프를 따라 오른쪽으
로 돌아 걸어간 뒤 먼저 거류민 대표단을 향해
가볍게 손을 들어 보이는 것으로 인사를 대신
했다. 그들과는 별도의 간담회가 예정되어 있었
다. 하얼빈에 주재하는 각국 외교사절 대부분이
나왔으니 이토의 위상을 알 만 했다. 하얼빈 시
장 베르그와의 인사를 마지막으로 이토는 왼쪽
으로 돌아섰다

도열한 청국군인들 앞을 지나 러시아 의장대
사열이 막 끝나려는 순간이었다.

러시아 의장대의 뒤편에서 기다리고 있던 안
중근은 이토와의 거리가 10여보쯤 되자 품 안

에서 권총을 꺼내 방아쇠를 당겼다. 안중근의 움직임은 전광석화 같았다.

"탕! 탕! 탕! 탕!"

차가운 공기, 달아오르는 환영의 열기를 깨뜨리며 울려 퍼진 네 발의 총소리를 사람들은 처음에는 폭죽 소리로 들었다. 그러나 이내 이토가 술에 취한 듯 비틀거리며 의지할 것을 찾아 두 손을 허우적거렸다.

"탕! 탕! 탕1"

다시 세 발의 총성이 울렸다. 그리고 하얼빈 주재 총영사관 가와카미 도시히코가 오른팔 관절 관통상으로 쓰러졌다. 일본 궁내대신이자 수행비서관인 모리 야스지로의 왼쪽 허리를 관통해서 복부에 총알이 박혔다. 남만주 철도주식회사 이사인 다나카 세이지로의 왼쪽 다리 관절을 관통했다. 역시 남만주철도주식회사 총재 나카무라 제코의 외투를 뚫고 오른편 다리에 총알이 박혔다.

비명과 아우성에 놀란 러시아 의장병들은 일제히 한 걸음씩 뒤로 물러섰다. 대열이 사라진 그곳에 오직 한 사람만이 상체를 약간 앞으로 숙여 사격 자세를 취한 그대로 우뚝 서있었다.

내뻗은 오른손에 들린 총구에서는 그때까지도 하얀 화약 연기가 피어오르고 있었다. 일말의 두려움도 물러서려는 기미도 보이지 않는 당당한 그의 모습은 한순간 엄청난 거인처럼 보였다.

뒤늦게 사태를 알아차린 러시아 헌병정교 미치올클로프와 동청 철도경찰서의 니기포르포 등이 몸을 던져 안중근을 덮쳤다. 목적한 바를 달성한 안중근은 손에 쥔 권총을 앞으로 던졌다. 권총 약실에는 아직 발사하지 않은 총알 한 발이 남아 있었다. 잠시 후 세 명의 헌병에 이끌려 바닥에서 일어난 안중근은 성호를 그어 천주님께 감사드리고 우렁찬 목소리로 외쳤다.

"코레아 우라(대한만국만세)! 코레아 우라! 코레아 우라!"

하늘을 가를듯한 만세 소라는 사방으로 퍼져 갔다. 1909년 10월 26일 오전 9시 30분경이었다.

순간적으로 주위의 모든 소음이 사라졌다. 안중근은 찰나의 순간에 절대 고요의 세계에 들었다. 러시아 병사들이 와서 자신을 체포할 때도 별 느낌이 없었다. 총성에 놀란 사람들이 웅

성대며 안중근의 주의로 모여들고 있었다.

 안중근 의사가 거사를 한 자리에는 지금 바닥에 세모꼴의 황금색 표지가 있다. 이토가 쓰러진 자리에는 네모꼴의 황금색 표지가 있다.
 이토가 운명한 자리에는 일본이 이토의 흉상을 제작하여 세워 놓았었다. 이 흉상은 1945년 일제가 패망하자 중국 정부에 의해 철거되었다. 지금은 그 흉상이 있던 자리에 네모꼴의 표지만 남아있다. 하얼빈 역에 가더라도 안내원이 없다면 찾기 힘든 자리다. 이 자리에서 이토가 쓰러졌다.
 쓰러진 이토를 코콥체프 재무장관과 나카무라 총재가 부축하여 열차 안으로 옮겼다. 이토의 몸에는 정확히 세 발의 총알이 박혔다. 첫 발은 이토의 오른팔을 관통하고, 두 번째 탄환은 오른쪽 옆구리로 들어가 가슴을 관통하여 왼쪽 옆구리에 박혔다. 세 번째 탄환은 오른 팔을 스친 다음 몸에 들어가 배 속에 머물렀다.
 당시 이토를 수행하던 의사 고야마젠과 환영식에 나왔던 2명의 일본인 의사, 그리고 러시아 병원에서 달려온 의사들은 꺼진 불을 살리는 심경으로 응급처치를 했지만, 하늘의 뜻은 준엄했다. 내장 부위의 출혈로 약 30분 만에 이토는 하얼빈에서 죽었다.

이토는 싸늘한 시체가 되어 그의 영혼은 찬바람 부는 만주 벌판을 떠돌게 되었다. 모든 큰 인물들은 그럴 듯한 유언을 남긴다. 이토에 대해서도 여러 가지 말들이 떠돌았다.

대표적인 것이 조선인 청년이 저격을 했다는 말을 듣고 "어리석은 놈"이라고 했다는 것이다. 그 말은 자신이 있어 조선이 그나마 보호를 받았다는 오만에서 나온 반응으로 해석된다. 하지만 '냉정한' 일본 검찰의 기록을 보면 전혀 다르다. 순식간에 아비규환이 된 하얼빈 역의 정황으로 보아 검찰의 판단이 옳다고 생각한다. 일본 재판부는 이렇게 말했다.

안중근이 사용한 총기는 정교한 브라우닝 7연발 권총(원래는 8연발 권총이다)으로, 총알 한 발이 남아 장전되어 있었다. 세 발이 이토 공에게 명중했는데, 피고가 필살을 기한 가공할 십자 모양이 새겨진 총알은 인체의 견부와 접촉

하면서 납과 니켈 껍질의 분리를 촉성하는 효과를 가져와 상처를 크게 했으며, 폐를 관통한 두 발의 총알은 흉강 내에서 대출혈을 일으켜 십수 분 만에 절명케 했다. 어느 증인의 말에 따르면, 이토 공은 자기를 쏜 흉한이 한국인이라는 말을 듣고, '어리석은 놈'이라고 했다지만 사실은 그렇지 않다. 이토 공은 흉한의 국적 취조 결과를 못하고 서거하신 것이다.

검찰의 말대로 안중근은 신원이 전혀 밝혀지지 않은 상태에서 바로 하얼빈 역에 있는 러시아 경찰서로 끌려 들어갔다. 이토의 주검은 자신이 쿠안청쯔에서부터 타고 온 특별열차 편으로 11시 40분에 하얼빈 역을 떠나 다롄으로 향했다. 유명 인사인 이토가 하얼빈에서 저격당했다는 소식은 전 세계에 충견을 주었다. 일본은 이토의 죽음에 대해 정치적인 이해관계에 따라 다양하게 반응했다. 근대 일본의 정치사는 암살로 점철되었다. 유신3걸이 모두 천명을 다하지 못하고 죽었다.

이토는 그런 면에서 행복한 인물인지도 모른다. 개인적으로 가장 충격을 받은 정치인은 이노우에 가오루였다. 그는 이토와 어린 시절부터 호형호제하던 인물로 함께 영국유학을 떠났었다. 이토는 정무로 바쁜 와중에도 병상에 있는 이노우에를 찾아가 간병할 정도로 그를 극진히 생각했다. 이노우에는 자신이 이토보다 먼저 죽어야 했다면서 통곡했다고 한다. 그는 이토의 차가운 시신 앞에서 이런 조사를 남겼다.

공은 방두를 능가하고
충은 제갈공명 못지않다.
도대체 자네의 조사를 만드는 일을
어떻게 견디란 말인가.

러일전쟁 때 제3군 사령관으로 뤼순공격에 성공한 육군대장 노기 마레스케는 "이토 공작은 죽기에 가장 좋은 장소를 얻었다"고 말했다. 적의 손에 암살당한 모습을 은근히 부러워하는 사무라이다운 발상이다. 그는 뤼순전투에서 휘하 병력 13만 명 중에서 6만여 명을 희생시켰고 두 아들도 잃었다. 이토는 조선 통감을 지냈고, 그는 대만 총통을 지냈다. 하지만 이토가 죽고 나서 3년 후, 메이지 천황이 죽자 부인과 함께 자결했다.

야마가타 아리모토는 이토와 함께 추밀원 의장을 번갈아 지낸 거물이다. 그는 이토와는 달리 군부의 중심인물이었다. 일본에 서양의 군사제도를 들여왔고, 징병제도를 도입했다. 1882년에는 제2차 세계대전 때까지 일본군의 정신적 지침이 된 군인칙유를 선포했다. 청일전쟁 당시에는 조선에 주둔하는 제1군사령관으로 활동한 육군대장이었다.

군 장성이 절반을 차지한 야마가타 내각은 아시아 팽창주의의 원동력이었다. 야마가타는 이토와는 정치적으로 서로 다른 길을 걸었던 일본 군부의 핵심인물이었다. 그는 이토가 죽었다는 소식을 전해 듣고 측근에게 "이토는 정말 운이 좋은 사내다. 나는 일개 무사로서 그의 마지막이 얼마나 부러운지 모른다"고 말했다. 야마가타 역시 이토의 죽음을 기리는 시를 지었다.

함께 충의를 다한 사람은 먼저 가네
앞으로의 세상을 어떻게 할 것인가.

그는 이토가 사라진 정계에서 관료를 수하에 두고 독재적인 권력을 휘둘렀다. 그 역시 1921년 히로히토 왕세자의 결혼에 간섭한 일로 정적들에게 비난을 받고 다음해에 죽었다.

근대 일본의 중요 인물인 오쿠마 시게노부는 야마가타와는 정반대의 인물이었다. 그는 와세다 대학을 설립하였고, 입헌개진당을 조직하여 민권운동을 추진한 지식인이었다. 내각 총리대신도 두 차례나 역임한 정치인이자 교육자이다. <사전 이토 히로부미>에 따르면 그는 이토의 죽음에 대해서 이렇게 말했다고 한다.

이토는 나보다 두 살 어리다. 나이로 따져도 아직 죽을 때가 아니다. 또 일본은 아직 이토를 필요로 한다. 이런 일이 발생해 유감이다. 그러나 어차피 쓰러지는 것이라면, 집 안이 아니라 만주의 들판에서 자객의 손에 쓰러졌다는 점에서 오히려 영광스러운 죽음이라고 생각한다. 비스마르크의 만년은 어떠했는가. 참으로 비참하지 않았는가. 나는 비스마르크의 말년에 비해 이토는 실로 화려한 죽음을 맞이했다는 점을 위로로 삼고자 한다.

1909년 11월 4일 일본은 국장으로 저승으로 떠나는 이토를 배웅했다. 오쿠마의 말대로 그의 죽음은 '영광스러운 죽음', 화려한 죽음'이었다.

한편 차이자거우 역에 남아 있던 우덕순과 조도선도 그날 11시 55분에 러시아 헌병에게 체포되었다. 이미 전날 밤부터 엄중한 감시를 받고 있었던 두 사람은, 특별열차가 2분 정도 정차한 시점에도 머물던 방에서 나오지 못했다고 한다. 다음은 우덕순이 회고한 체포 당시의 상황이다.

창밖을 무심코 내다보니 군인들 수백 명이 우리가 있는 집을 포위하는 모양이었는데, 조금 있더니 장교들이 군인 몇 명을 데리고 모두 칼을 빼어들고 우리 방에 들어서며 몸에 무엇을 가지고 있느냐고 묻더군요. 그래서 나는 8연발 권총과 얻어가지고 온 내 종친 우연준(禹連俊)의 신원증명서를 상 위에 내놓았지요. 그리고 무슨 이유로 이렇게들 하느냐고 물었더니 "'응칠 안이 이토를 죽였소. 수상한 조선 사람 잡으라는 지령이 내렸소" 하며 전보 온 것을 내놓

습디다. 그래서 나는 벌떡 일어나 "코레이시케 우라!" 하고 몇 번이나 외쳤습니다. '한인 만세' 란 말이지요.

이토가 총을 맞은 이후에 하얼빈 일대의 러시아군이 비상사태에 처했을 것임은 충분히 짐작할 수 있다. 우덕순과 조도선이 '수상한 사람'으로 지목된 것은 이토를 태운 특별열차가 정착한 역에 숨어 있었던 정황상 그럴 만했다. 한편 하얼빈 시내에서는 더욱 광범위한 수색이 이루어졌고, 그 결과 김성백을 비롯하여 하얼빈에 거주하던 한인들 다수가 체포, 구속되었다.

러시아 검사 밀레르가 안중근을 심문했다. 당시의 상황에 대해 안중근은 통역도 잘 되지 않아 혼란스러웠다고 일본 경찰의 취조 과정에서 이야기했다.

안중근은 자신의 거사가 성공했는지 여부가 궁금했다

안중근은 러시아 검사에게 이 거사는 혼자서 한 일임을 계속 주장했다. 수사 현장에는 하얼빈 중청철도 당국 책임자, 경비 책임자, 이토를 영접한 코콥체프 재무장관, 그리고 차이자거우

역에서 안중근을 불심검문했던 헌병 하사 세민
등이 있었다. 세민은 안중근을 기억했다. 그는
차이자거우 역에서 증명서를 조사할 때, '한인'
이라고 쓴 임시 거주증명서를 보았다.

러시아 재무장관 코콥체프는 만일의 상황에
대비해서 어떻게 이토를 맞이할지 고민했다. 그
러나 다음 인용문을 보면 이토의 경우에 대해
서 일본은 의외의 답변을 보냈음을 알 수 있다.

재무차관 웨벨 앞
다음 내용을 외무부에 전달 요망
러시아 소속 동부철로 당국은 만일의 불상사
를 예방하기 위하여 이틀 전인 24일 일본 총영
사 가와카미 도시히코에게 일본의 환영객은 어
떤 사람들이며 무슨 비표가 있는 통행증을 발
급할 것인가를 물었다. 이에 대하여 가와카미는
일본인들은 무조건 통과시키라고 요청했다. 범
인의 외모와 복장은 일본인과 같았다. 유럽인과
중국인의 입장은 통제했다.

　　　　　　10월 26일 하얼빈에서 재무장
관 코콥체프

이 자료는 러시아 대외정책문서보관소 '일본 자료실'에 소장된 '이토 후작 피해 사건'이라는 파일 중 일부다. 일본 영사가 환영 인파에 대한 검문검색에 소홀했음을 알 수 있다. 러시아 측에서 볼 때는 이것이 이상한 일이다. 비표도 없고 일본인임을 일일이 확인하지도 않는다는 건, 이토가 위험에 그대로 노출될 수 있는 상황이다. 특히 조선인은 러시아 사람들이 볼 때 일본인과 거의 구별이 안 된다. 일본은 자신의 식민지로 생각하고 있던 조선을 과소평가한 것이다.

이러한 경비 소홀 때문에 안중근은 무사히 이토의 면전에서 권총을 겨눌 수 있었다. 반면에 러시아 병사들이 관할한 차이자거우 역은 하얼빈 역과 비교하면 매우 작은 역사임에도 불구하고 사람들의 출입을 완전히 차단시켰다. 새벽에 환영인파가 몰릴 일도 적었고, 워낙 외진 곳임에도 불구하고 차이자거우 역 부근에 거주하는 러시아인까지도 소변을 안에서 보라고 할 정도로 철통같았던 러시아의 경비와 하얼빈에서의 이토 경호에는 큰 차이가 있었다.

코콥체프가 보낸 문서에서 알 수 있듯이 그는

이토의 경호에 만반의 준비를 다했다. 러시아가 이토의 경호를 위해 노력한 부분은 일본도 인정했다. 코콥체프가 안중근 의사의 거사 직후에 급하게 쓴 보고문에는 이런 내용도 있다.

재무차관 웨벨 앞
본관은 국경지방재판소 검찰관과 합의한 사항을 전한다. 살인자는 한국 국적을 소유한 자다. 외교권이 없는 한국에서는 일본법이 적용되므로 모든 사건은 일본 총영사관에 넘겨질 것이다.(중략) 이 사건에 대해 일본은 분명히 러시아 당국이 부당한 행위를 했거나 혹은 경솔했다는 비난은 없다. 본관은 고인이 된 이토 공의 수행원으로부터 사고 후의 배려와 예우에 대해 고맙다는 전보를 벌써 두 번이나 받았다.

　　　　　　10월 26일 하얼빈에서 재무장관 코콥체프

한편 거사 현장에서 이토의 바로 곁에 있었던 코콥체프는 훗날의 회고록에서 안중근의 모습을 젊고 미남형이며 체격이 날씬하고 훤칠한

키에 얼굴빛도 희어 일본인과는 많이 달랐다고 적었다. 만약 일본 영사관이 역내 출입 일본인들을 조사했더라면, 그를 바로 구별해낼 수 있었을 것이라고 기억했다. 그에게도 이 일은 매우 충격적인 일이었다. 특별열차에서 환담을 나누던 이토가 한 시간도 못되어 죽어버리다니, 그의 일생에 이토록 가까이에서 큰 총성이 나고 큰 인물이 쓰러진 일은 일찍이 없었다. 러일전쟁의 패배로 국운이 희미해지고 있는 가운데 일본 정계의 친러파 인물의 급작스러운 죽음으로 러시아 역시 당황한 모습을 보였다.

안중근의 거사가 성공하자, 러시아는 발 빠르게 주위에 있는 한인들을 체포했다. 안중근 의사의 거사와 관련이 있을 것이라고 짐작되는 인물들은 모조리 잡아들였다. 러시아 경찰은 차이자거우에 있던 우덕순과 조도선을 체포하여 신변을 확보했다. 러시아 헌병들은 이미 이들의 행동을 수상하게 여기고 있던 터였다.

저녁 9시경에 러시아 경찰은 안중근의 손에 수갑을 채우고 허리와 다리는 쇠사슬로 묶었다. 일본 군대의 감시 하에 마차에 올라탄 안중근이 향한 곳은 하얼빈 주재 일본 총영사관의 지하실이었다. 일본 영사관에는 지하실에 감옥이 있었다. 안중근은 이 지하실에 임시 수감되었다. 어둡고 차가운 지하 감옥이었다.

일본 측 자료에 의하면 일본 영사관에 넘겨진 시간은 오후 10시 10분경이었다. 하얼빈 역에서 사건이 일어났으므로 러시아 측에서 재판을 하는 것이 정상이겠지만, 러시아는 간단한 조사를 마친 뒤 바로 일본 측에 재판권을 넘겼다. 일본의 정치적인 압박도 있었겠지만, 한편으로는 이미 '동청철도 내의 한인은 치외법권을 향유한다'는 훈령과 그에 다른 선례들이 있었기 때문에 러시아 측에서 재판권을 넘겼던 것이다.

제5부

재판과 그 밖의 이야기

1장
이토 히로부미의 죄를 밝히다

10월 27일, 일본 외무대신 고무라 주타로(小村壽太郎)는 창춘과 뤼순으로 긴급 전문을 타전했다.

이토 공작 관할법원은 뤼순관동도독부 지방법원으로 한다. 관동도독부 고등법원 검사관 미조부치 다카오(溝淵孝雄)를 본 사건 담당검사로 명한다.

관동도독부(關東都督府)는 러일전쟁의 승리를 기화로 러시아로부터 계승한 조차지 다롄, 뤼순 지역을 관동주(關東州)라 칭하고, 그곳을 관리하기 위해 설치한 식민행정기관이었다.

미조부치 검사는 외무대신 고무라의 지시에 따라 10월 28일 하얼빈으로 향했다.

10월 26일 밤, 하얼빈 일본 총영사관으로 인도된 안중근은 이틀 동안 그곳의 관리에게 두 번 신문을 받았다. 두 번 모두 인적 사항과 살해 이유 등을 묻는 간단한 조사였다. 그런데 안중근의 신병을 일본에 넘겨 준 러시아는 자신들의 결백을 보여주기라도 하듯 대대적인 검거 선풍을 일으키고 있었다.

러시아는 다음날에도 러시아가 관할하는 구역 내에서 의심스러운 한국인들을 긴급 체포했다. 이날 하얼빈 시내에서 거사 방조혐의로 체포된 사람들은 유동하를 비롯하여 안중근의 가족을 데리고 하얼빈에 도착한 정대호와 정서우, 김성옥, 김형재, 탁공규 등 13명이다. 이들은 모두 일본 영사관으로 잡혀 들어갔다.

정대호는 안중근의 친구로 수이펀허 세관에서 서기로 일하고 있었는데, 안중근이 이토 사살에 나서기 전 그로부터 고향집 소식을 들은 바 있다. 그때 안중근은 그에게 가족들을 블라디보스토크로 데려와 달라고 부탁했었는데, 마침 그날

정대호가 식솔들을 데라고 하얼빈까지 왔다가 체포된 것이었다.

당시 하얼빈의 유지로서 러시아인들과 친하게 지냈던 김성백은 러시아 헌병도 함부로 다루지 못했다. 김성백에 대해서는 간단하게 조사만 하고 체포하지는 않았다.

미조부치 검사는 안중근보다 다섯 살 위로 뤼순에 관동도독부 법원이 설치되자 고등법원 검사관으로 부임했다. 만 35세의 나이, 불과 10년의 경력으로 세계적인 대사건의 주임 검사가 된 것은 그에게 개인적으로는 행운이라 할 수 있지만 법조인으로서는 깊은 갈등과 고뇌를 겪게 했다.

10월 29일 하얼빈에 도착한 미조부치는 총영사로부터 이토 피살 사건과 연관된 안중근 외 15인의 신병과 수사 기록 일체를 인계받았다. 러시아 관계자 및 목격자의 진술 조서, 안중근이 사용했던 권총 및 실탄 한 발, 우덕순, 조도선의 소지품, 김형재, 김성옥, 정대호, 김려수 등의 소지품과 각종 서류들이었다. 사건의 대강을 파악한 미조부치는 10월 30일, 제1차 신문을 하고자 총영사관 지하실에 구금되어 있는 안중근을 사무실로 데려오도록 했다.

마침내 미조부치와 안중근이 마주앉았다. 안중근은 반듯한 외모에 맑고 선한 눈빛임에도 그 안에 깊은 의지가 서려 있어 미조부치의 가슴속에서 서늘한 기운이 일었다.

"이름과 나이, 신분, 직업, 출생지 및 본적지를 말하라."

"이름은 안응칠이고 나이는 서른한 살, 직업은 사냥꾼이며 평안도 평양성 밖에서 태어났다."

미조부치가 묻고 서기 기시다 아이분이 조서를 작성했다. 미조부치가 이토를 가해한 일에 대해서 묻자 안중근은 이렇게 대답했다.

"첫째, 지금으로부터 10여 년 전 이토는 대한제국 황비 살해를 지시했다.

둘째, 지금으로부터 5년 전 이토는 무력으로 5개조 조약을 체결하였는데 그것은 모두 한국에 매우 불이익이 되는 조항이다.

셋째, 지금으로부터 3년 전 이토가 체결한 12개조의 조약은 모두 한국에 군사상 대단히 불이익이 되는 조항이다.

넷째. 이토는 기어이 한국 황제의 폐위를 도모하였다.

다섯째, 이토는 한국 군대를 해산했다.

여섯째, 조약 체결에 한국민이 분노하여 의병이 일어났는데, 이토는 이들 한국 양민 다수를 죽였다.

일곱째, 이토는 한국의 정치, 기타의 권리를 약탈하였다.

여덟째, 한국의 학교에서 사용하는 좋은 교과서를 이토의 지휘 아래 소각하였다.

아홉째, 한국 인민의 신문 구독을 금지시켰다.

열째, 전혀 충당할 만한 돈이 없는데도 불구하고 성품이 바르지 않은 한국 관리에게 돈을 주어, 한국민에게 아무것도 알리지 않고 제일은행권(第一銀行券)을 발행하였다.

열한째, 한국민의 부담으로 돌아갈 국채 2천3백만 원을 모집하여, 이를 한국민에게 알리지 않고 그 돈을 관리들이 제멋대로 분배하였다고도 하고, 또는 토지를 약탈하기 위해 사용했다고도 하는데, 이는 한국에 대단히 불이익이 되는 일이다.

열두째, 이등은 동양의 평화를 깨뜨렸다. 러일전쟁 당시부터 '동양 평화를 유지하기 위해서'라고 말하고서도, 한국 황제를 폐위하고, 당초의 선언과는 모조리 반대되는 결과를 보기에 이르러 한국민 2천만이 모두 분개하고 있다.

열셋째, 한국이 원하지 않음에도 불구하고 이토는 한국보호라는 명분으로 한국 정부의 일부 인사와 결탁하여 한국에 불이익이 되는 시정을 펼치고 있다.

열네째, 지금으로부터 42년 전 현 일본 왕의 부군(父君)을 이토가 살해했다. 그 사실은 한국민 모두가 알고 있다.

열다섯째, 이토는 한국민이 분개하고 있는데도 일본 왕이나 기타 세계 각국에 한국이 무사하다고 전하며, 사실을 숨기고 있다.

이상의 죄목에 의해서 이토를 사살한 것이다."

마치 외우고 있었던 것처럼 거침없이 나열하는 열다섯 개의 죄목은 미조부치를 놀라게 만들었다.

첫째 이유는 명성황후 시해사건을 말함이었고, 둘째는 '을사늑약', 셋째는 1907년 11월, 이토가 전권대사로 체결한 '한일신협약(정미7조약)'과 '을사늑약' 5개조를 합해 '12개조'라고 말한 것이었다. 그리고 넷째는 헤이그 밀사사건을 빌미로 고종이 퇴위된 것, 다섯째는 순종의 이름으로 실행된 한국군 해산, 열넷째는 1867년1월 현 메이지 왕의 아비지 고메이(孝明) 왕이 죽었을 때 나온 독살설과 관련해 그 범인이 이토라는 것이었다. 그 밖의 9개조는 이토가 한국통감 또는 그 배후에서 저지른 시책의 부당함을 말하는 것이었다.

처음부터 범상치 않은 기운을 느꼈지만 그는 특별히 교육받거나 정치 활동을 한 바가 없음에도 역사의 흐름과 사건의 본질을 꿰뚫고 있었다. 더하여 피의자로 신문을 받고 있음에도 조금의 두려워하는 기색이나 의도된 과장 없이 담담히 진술하는 태도가 가히 지사(志士)의 풍모였다.

이어서 미조부치는 안중근이 교제하는 사람들에 대해서 물었고, 이토를 쏘았을 때에 대해서도 물었다.

"그대가 발사한 총알이 이토 공에게 명중되었는가?'

"못 보았다. 그 즉시 러시아 장교가 총을 갖고 있는 손을 붙잡아 땅바닥에 나를 깔아 눕혔다."

"그대가 이토 공의 목숨을 잃게 한다면 그대 자신은 어떻게 할 작정이었나?"

"이토의 목숨을 빼앗으면 법정에 끌려 나갈 테니, 그때 이등의 죄악을 하나하나 진술할 생각이었다."

일단 신문을 마치면서 미조부치는 간담이 서늘해지는 기분이었다. 피의자 신문의 가장 큰 목적은 자백으로 범죄 사실을 소명하는 것이고, 대부분의 피의자는 자신을 보호하기 위해 무엇인가를 감추려하는 것이 상례인데 안중근은 범죄 사실에 대해 감춤도 망설임 없이 담담히 답변할 뿐이었다. 물론 자신의 공범 등에 대해서는 거짓말을 하고 있지만 그것은 동료를 보호하기 위해서고, 결코 털어놓지 않을 기세이니 수사로 밝혀낼 일이었다.

"그대의 진술하는 바를 들으니 참으로 동양의 의사(義士)라 하겠다. 그대는 의사이니 결코 사형을 받지는 않을 것이다. 걱정하지 마라."

조심스러운 그의 말에 안중근이 의연히 대답했다.

"내가 죽고 사는 문제는 논할 것이 없다. 다만 내 뜻을 속히 일본 왕에게 아뢰어라. 그래서 이토의 옳지 못한 정략을 속히 고쳐, 동양의 위급한 대세를 바로잡기를 간절히 바란다."

"내일부터는 뤼순으로 가 그곳에 수감될 것이오."

11월 1일 아침, 안중근이 구금되어 있는 총영사관 지하실로 내려온 구연의 통보였다. 안중근은 묵묵히 고개를 끄덕였다.

얼마쯤 뒤 지하실로 내려온 일본 헌병들은 안중근의 양 손을 뒤로 하여 수갑을 채운 후 다시 포승으로 묶어 총영사관 밖으로 데려갔다. 마차를 타고 얼마간 가서 내리니 하얼빈 역이었는데, 우덕순, 조도선, 유동하, 정대호를 비롯하여 얼굴을 알지 못하는 사람까지 아홉 명쯤이 수갑과 포승에 묶여 있는 것이 아닌가. 안중근은 비로소 그들도 검거되었음을 알고 낙심했으나 여전히 알지 못하는 척하며 말을 걸지는 않았다.

열차를 타러 플랫폼으로 들어가려는데 뒤쪽에서 소란이 일어났다. 돌아보니 체격이 큰 러시아 여인이 일본 헌병을 향해 격하게 항의하고 있었다.

"내 남편이 도대체 무슨 짓을 했다고 잡아가는 거냐? 동양의 원숭이 새끼들에게 말해 두겠는데, 내 남편을 무사히 하얼빈으로 돌려보내지

않으면 너희들의 섬나라를 발틱 함대로 산산이
부숴 바다의 쓰레기로 만들어 줄테다!"

그녀의 이름은 모제였으며 38세였던 조도선의
아내였다. 모제는 다시 조도선을 향해 눈물지으
며 소리쳤다.

"당신, 절대로 져서는 안 돼요! 나는 하얼빈에
서 세탁 일을 하면서 당신이 돌아올 때까지 언
제까지고 기다릴 거예요."

각진 얼굴에 단단한 체격을 가진 조도선은 애
틋한 미소로 아내에게 화답하며 늠름하게 플랫
폼으로 향했다,

오전 11시 25분, 일본 헌병 열두 명의 호송
하에 하얼빈을 출발한 안중근 일행은 그날 저
녁 무렵 창춘 역에 도착해 헌병대 수용실에서
하룻밤을 묵었다. 다음 날 다시 뤼순으로 향하
던 중 열차가 어떤 역에 잠시 정차하자 일본
순사 하나가 올라오더니 다짜고짜 안중근의 뺨
을 후려쳤다. 안중근은 손과 팔이 묶여 대항하
지는 못했지만 자리를 박차고 일어섰다.

"이 버러지 같은 놈, 무슨 짓이냐?"

안중근의 벽력같은 호령에 옆에 있던 헌병이
벌떡 일어나 순사를 열차에서 끌어내린 뒤에

돌아와서 말했다.

"일본, 한국 간에 이처럼 좋지 못한 사람들이 있으니 너무 성내지 마시오."

이때의 상황은 사이토 다이켄의 <내 마음의 안중근>에 다음과 같이 서술되었다.

잠시 후 안중근은 수고해 준 헌병 장교에게 감사하면서 "이런 사소한 일로 화를 낸 것은 부끄러운 일입니다. 두 번 다시 화를 내지 않기로 했습니다."라고 반성하며 머리를 숙였다. 이 건으로 일행은 다시 차분한 분위기 속에서 뤼순으로 향했다. 안중근은 그 후로도 죄수로서의 규율은 물론 어떤 지시에도 예의바르게 행동했고, 결코 상대방을 괴롭히는 일이 없었다. 11월 3일 헌병대는 안중근 외 8명을 뤼순형무소로 무사히 호송했다. 그리고 치바는 이날부터 안중근의 간수로 일하게 되었다. 간수 임명에 있어서 다음과 같은 '경찰관의 자세'가 시달되었다.

"비(非)는 리(理)로써 다스려야 한다. 또한 다스림을 유지하기 위해서는 훈계가 따라야 한다. 예를 들어 술을 데우는 데는 그 술보다 높은 온도가 필요하듯 남을 훈계하는 자는 먼저 자신부터 바르게 다루고, 또 자신도 깊이 반성한 후에 남을 상대해야한다."

그런데 뤼순 감옥에 도착해서는 안중근에 대한 적대적 행위가 없었던 모양이다. 안중근은 그곳에서 오히려 감동을 느끼기까지 했다고 기록하고 있다. 다음은 <안응칠역사>의 한 부분이다.

나날이 점차 가까워지면서 전옥(典獄), 경수계장(警守係長)과 그 아래의 일반 관리들이 특별히 후대하니, 나는 감동하지 않을 수 없었다. 가끔은 마음속으로 의아스럽게 여기기도 하였다.
'이것이 현실인가, 아니면 꿈인가? 같은 일본인인데 어찌 이처럼 크게 다른가? 한국에 와있는 일본인은 어찌 그리 억세고 모질며, 뤼순에 와 있는 일본인은 무슨 까닭에 이처럼 인후(仁厚)한 것인가? 한국과 뤼순에 각각 다른 일본인이 와서 그런 것인가? 풍토와 풍속이 달라서 그런 것인가? 한국의 일본인이 권력자인 이토의 극악한 마음을 본받아서 그렇게 된 것인가?

뤼순의 일본인이 권력자인 도독(都督)의 인자한 덕을 따라서 그렇게 된 것인가?

아무리 생각해봐도 그 이유를 깨달을 수 없었다.

이처럼 안중근 스스로 각별한 대우를 받았다고 말하고 있거니와, <대한매일신보>에서도 "일주일에 두세 번 옥중에서 운동을 허락하고 있으며 심문하거나 폭력을 가하지 않고 자유롭게 생각한 바를 말하게 하는 등으로 일본인과 같은 대우를 받고 있다고 보도한 바 있다. 동료인 우덕순도 또한 "대우만은 아주 훌륭하여 고기, 과자, 담배 모두 풍족하게 주었다"라고 회고한 바 있다. 일부 소설이나 전기물에서 그린 바와 같은 고문이라거나 폭행 등은 없었던 셈이다.

뤼순 감옥의 간수였던 헌병 지바 도시치의 사례는 감정의 변화를 보였다는 점에서 주목할 만하다. 그는 처음에는 안중근을 증오했다고 했다. 그렇지만 점차적으로 분노와 증오의 감정은 사라지고 오히려 존경하게 되었다고 한다. 1981년 일본 다이린지(大林寺)에 세워진 현창

비문(顯彰碑文)에서는 지바가 안중근에게 존경의 마음을 품게 된 이유를 안중근이 "청렴한 인격의 소유자"였고 "평화를 위한 고매한 이념"을 가졌기 때문이라고 기록하고 있다. 안중근을 대면하는 과정에서 점차적으로 그 인격과 이념에 감동하게 되었다는 것이다.

뤼순의 일본 관리들도 모두 지바처럼 안중근이 제시하는 이념에 감동하여 그것을 받아들였다고 말할 만한 근거는 없다. 하지만 적어도 안중근을 보면서 그를 함부로 대할 수 없다는 마음을 가졌을 가능성은 있다. <안응칠역사>의 기록 또한 이러한 상황에서 나온 것이 아닐까 한다.

당시 뤼순 감옥에서 안중근 등을 거칠게 다룰 만한 상황이 아니었다는 점도 또 하나의 이유가 될 수 있다. 안중근이 대체로 일관적인 진술을 하고 있을 뿐 아니라, 많은 사람들이 모인 장소에서 벌어진 사건이기 때문에 고문을 해서 얻을 수 있는 것도 별로 없었다. 게다가 세계 각국의 이목이 쏠려 있어서, '문명국가'로 인정받기를 원했던 일본 측에서는 안중근을 거칠게 다룸으로써 비난받게 되기를 원하지 않았을 것이다.

 이상과 같은 이유들이 복합적으로 작용한 결과인지, 안중근에 대한 신문 가운데 일부는 일종의 토론처럼 보이기도 한다.

 11월 4일 오전 10시 30분, 도쿄 동경(東京) 도심의 히비야(日比谷) 공원에서 이등의 국장이 열렸다. 일본 왕 메이지는 시종을 통해 총리 관저에 이토의 죽음을 슬퍼하는 뇌사(誄詞: 죽은 사람이 생전에 이루었던 업적이나 공덕을 기리며 애도하는 마음을 표현한 글)를 내려 보낸 뒤 이날은 정무를 보지 않았다.

 장례식장에는 유족 및 일가친척, 원로, 대신 전원, 귀족원과 중의원의 의원, 각국 공사, 보도진 등 5천여 명이 모여들었다. 가장 절친했던 이노우에 가오루 후작은 이등의 관 옆에서"내가 먼저 죽고 이토가 이 세상에 남기를 바랐다"라는 조사를 읽으며 눈물지었다.

 장례식이 끝난 후 오후 2시 30분 , 이토의 유해는 자신의 사저 온시칸(恩賜館)에서 가까운 오이무라(大井村) 묘지에 묻혔다. 기이한 것은 배 속에 박힌 실탄 세 발을 누구도 꺼내려 하

지 않았다는 것이다. 그러나 아무리 많은 사람
들의 추모를 받고 성대한 장례를 치렀더라도,
그 검은 배 속에는 안중근이 박아 넣은 실탄
세 발이 고스란히 남아 있으니 캄캄한 땅속은
감옥이 될 것이고, 싸늘한 냉기를 뿜는 쇠 총탄
은 그의 죄에 대한 영원한 형벌이 될 것이었다.

2장
재판의 경과

미조부치 검찰관에 의한 안중근의 신문은 1909년 12월 21일까지 11회 동안 이어졌다. 그는 도쿄제대를 졸업하고 도쿄에서 잠시 근무한 뒤 관동도독부 고등법원으로 옮겼는데, 신문 과정을 살펴보면 안중근을 설득하기 위해 자신의 지식과 논리를 최대한 동원하고 있음을 알 수 있다. 닭이나 담배를 사준 일 등을 보면 안중근에게 어느 정도는 개인적인 호감을 느꼈던 듯한데, 그렇다고 해서 그가 안중근의 주장에 동의했다고 볼 만한 근거는 없다.

그런데 토론에 가까웠던 신문 분위기는 어느 순간 갑자기 변했다고 한다. 안중근이 동생 안

정근, 안공근과의 면회에서 변호사를 선임하고
신부에게 성사(聖事)를 부탁할 것을 논의한 이
후에 어떤 변화가 있었던 모양이다. <안응칠역
사>를 살펴보자.

그후 어느 날. 검찰관이 와서 심문할 때의 일
이었다. 그의 말과 모습이 이전과 크게 달라져
서 누르거나 억지를 부리는 말도 있었고 나를
능멸하는 태도도 있었다. 나는 '검찰관의 사상
(思想)이 이처럼 갑자기 변했으니, 이는 본심이
아닐 것이다. 바깥바람(客風)이 크게 불어닥쳤
나 보다. 도심은 희미하고 인심은 위태롭다[道
心惟徵 人心惟危]는 문구가 진실로 헛된 말이
아니구나'라고 생각했다. 그리고 분연히 답했다.
"일본이 비록 100만의 정예병과 1,000만의
대포를 갖추었다 해도 안응칠의 목숨 하나 죽
일 권력 이외에 다른 권력은 없다. 사람이 이
세상에 태어나 한 번 죽으면 그만인데, 무엇을
근심하겠는가. 나는 다시 대답하지 않을 것이니
마음대로 하라."
이로부터 나의 앞일은 크게 그릇될 듯했고 공
판(公判)도 곡판(曲板)으로 변할 듯한 형세가

명확해졌다. 스스로 헤아려보니 그러했다. 게다가 언권(言權)은 금지되어 여러 가지 목적과 의견을 진술할 도리가 없어졌다. 일이 돌아가는 기미를 보건대 자취를 감추고 거짓을 꾸미려는 태도가 현저하게 드러났다.

강압적으로 돌변한 미조부치를 보고서 안중근은 분명히 곡절이 있다고 판단했다. 또한 이후에 불리한 일들이 전개될 것임을 예감했다. 실제로 영국과 러시아의 변호사를 선임하게 해준다는 약속이 깨졌다. 안중근은 외국인 변호사를 면회하고서는 이러한 조치는 '세계 일등국의 행동'이라고 여겼고 자신이 오해하여 과격한 수단을 쓰는 '망동(妄動)'을 한 것은 아닌지 돌이켜 본 일도 있었다. 그러나 미조부치의 태도 변화에 있어서 일본인 관선 변호사만 허락한다는 조치가 내려진다. 일본이 일등국인지 모른다는 안중근의 생각은 결과적으로 오해였던 것이다.
일본 측에서는 대외적으로 문명국으로서의 면모를 과시해야 했지만 동시에 자신의 뜻에 맞는 재판 결과를 얻어야 했다. 사법부의 독립을 실질적으로 보장해서는 두 가지 모순된 결과를 모두 얻을 수 없었다. 따라서 겉으로는 공정한 재판을 보장하는 자세를 보이면서도 실질적으로는 재판 과정과 결과에 관여해야 했다. 즉 히라이시 우지히토 고등법원장을 도쿄로 불러들이기까지 했고, 그가 뤼순으로 돌아온 1월 27일 이후에는 정부에 의해 변경된 방침이 적용되었던 것이다. 그 결과는 안중근이 예상했던 것처럼 '곡판'이 될 수밖에 없었다,.

공판은 모두 6차례에 걸쳐 진행되었다. 1910년 2월 7일의 첫 공판에서는 안중근에 대한 신문이, 8일의 2차 공판에서는 우덕순과 조도선에 대한 신문이 진행되었다. 9일의 3차 공판에서는 유동하에 대한 신문이 이루어졌는데, 이와 함께 안중근이 이토의 죄상과 거사의 목적을 진술했다. 10일의 4차 공판에서는 검찰관의 구형이, 12일의 5차 공판에서는 변호인의 변론과 안중근의 최후 진술이 이어졌다. 14일의 6차 공판은 선고 공판이었다. 그 결과 안중근은 사형, 조도선과 유동하는 징역 1년 6개월을 선고받았다. 이상이 불과 1주일 만에 선고에까지 이른 공판의 개요이다.

처음에는 이 재판에 외국인 및 한국인 변호사의 변론이 허가될 예정이었다. <대동공보>의 발행명의인이기도 한 미하일로프가 발행명의인을 그만두고 변호사 자격으로 재판에 참여했다, 또 민영익, 민영철, 현상건 등이 모금한 돈으로 영국인 변호사 더글러스와 변호사 선임 계약을 체결했다. 한국인 변호사 안병찬(安秉瓚)은 변호를 자청했으며, 일본 측의 반대를 무릅쓰고 뤼순으로 향했고, 한성변호사회에서는 변영만(卞榮晩)을 파견하기로 결정했다. 우덕순의 회고록에는 이들을 포함하여 한국인 2명, 러시아인 2명, 영국인 1명, 스페인인 2명 등 7명의 변호사가 참여했다고 기록하고 있으니, 국제적 관심에 걸맞은 다국적 변호인단이 구성되었던 것이다.

그렇지만 1909년 12월 1일자로 미하일로프와 더글러스가 낸 변호신청은 받아들여지지 않았다. 일본 측으로서는 공판에 국제적인 관심이 쏠리는 것이 부담스럽기도 했겠지만 무엇보다 재판 결과를 확신할 수 없었기 때문일 것이다. 안중근이 사리(私利)를 위해 행동한 것이 아님이 분명했기 때문에, '정치적 확신범'으로 인정된다면 사형이 선고되지 않을 가능성이 있었다.

일본 측에서는 자신의 목적, 즉 공판이라는 '문명적' 형식은 취하되 사형 선고를 얻어내기 위해서, 그리고 외국인과 한국인의 안중근에 대한 관심을 피하기 위해 변호인을 제한하고자 했다. 이에 일본은 결국 관선 변호사 2명만 재판에 참여하게 했다. 변론을 맡은 이는 미즈노 기치타로(水野吉太郎)와 가마다 세이지(鎌田正治)였다. 이들은 법률이 적절하게 적용되었는지를 문제 삼았고, 다른 한편으로는 죽음을 결심한 사람에게 사형을 선고하는 처벌의 사회적 효과에 대해 의문을 제기했다. 정치적인 문제에 대한 논란은 피하고 법리적인 판단에 초점을 맞춘 셈이다. 이것이 형량을 낮추기 위한 전략일지는 모르지만, 안중근의 처지에서는 만족할 수 없는 것이었다. <안응칠역사>에는 다음과 같이 기록되어 있다.

이튿날 미즈노, 가마다 두 변호사가 변론을 했다.

"피고의 범죄는 분명히 드러나 의심할 바가 없다. 그렇지만 이는 오해에서 비롯된 일이므로 그 죄가 무겁지는 않다. 게다가 한국 인민은 일본 사법관이 관할할 권한이 전혀 없다.”

내가 다시 시비와 사리를 밝혀서 말했다.

“이토의 죄상은 하늘과 땅, 신령과 인간이 다 아는 것이다. 내가 무엇을 오해했다는 말인가. 게다가 나는 개인적으로 살인을 모의한 범죄인이 아니다. 나는 대한국의 의병 참모중장의 의무로서 임무를 띠고 하얼빈에 왔다. 전쟁을 벌여 습격을 했고 그 뒤에 포로가 되어서 이곳에 온 것이다. 뤼순 지방재판소는 전혀 관계가 없다. 그러니 마땅히 만국공법과 국제공법으로 판결해야 한다.”

이때 시간이 이미 다하였다. 재판관이 말했다.

“모레 다시 개정해서 선고하겠다.”

이때 나는 스스로 다음과 같이 생각하였다.

‘모레는 일본국 4,700만 인격(人格)의 근수를 달아보는 날이다. 마땅히 그 인격의 무게와 높낮이를 지켜보겠노라.’

안중근은 일본의 관선 변호인들과 사건의 성격을 전혀 다르게 파악하고 있었다. 오해에서 비롯된 일이 아님을 분명히 밝히면서, 자신은 전쟁 포로의 신분으로 재판을 받아야 한다고 주장했다. 그의 주장에 의하면 '하얼빈에서 사건을 일으킨 한국인에게 어떤 법률을 적용해야 하는가'라거나 '한국인을 어디서 재판해야 하는가'와 같은 논란은 애초에 문젯거리도 되지 않을 사안이었다.

안중근은 이토를 제외한 일본인들에게 어느 정도 신뢰를 보이고 있었다. 현상에만 주목하지 말고 발단과 원인까지 깊이 있게 살핀다면 국제적안 문제로 판단하고 만국공법을 적용할 수 있을 것이다. 안중근은 그런 판단까지 기대했는지도 모른다.

미조부치는 안중근의 두 동생을 소환했다. 1909년 12월 19일 정근과 공근 두 동생은 형을 만날 수 있을 것이라는 희망을 품고, 관동도독부 지방법원에 출두했다. 미조부치는 두 동생에게 일반적인 질문만을 했다. 가족 사항과 평소 형의 성품, 거사에 관한 일들이었다. 미조부치는 심문을 마치고 형을 만나 보겠느냐고 물었다. 당연하다는 대답이 돌아왔다.

감옥에서 안중근은 두 동생을 만날 수 있었다.

이것은 역시 특별한 대접이었다.

안중근은 두 동생의 손을 잡았다. 두 동생의 눈에서 뜨거운 눈물이 흘러내렸다.

"이게 얼마 만이냐?"

"3년은 지난 것 같습니다."

안중근은 먼저 어머니의 안부를 물었다.

"어머니는 의외로 의연하십니다. 형의 건강을 걱정하실 따름이지요."

"다행이로구나. 어머니에게는 할 말이 없다. 집안의 장남으로 태어나 어머니를 봉양하지 못한 죄를 어찌 갚을 수 있겠느냐."

"형, 그런데 검사가 좋은 사람입디. 앞으로도 자주 면회를 오라고 했소."

"그래. 고마운 일이다. 그리고……."

동생 공근이 먼저 안중근의 마음을 헤아리고 형수와 조카들의 안부를 말했다.

"정대호 씨에게 들었을지 모르겠지만, 형이 거사를 한 다음 날 형수가 하얼빈의 김성백 씨 댁에 도착했소."

"그래. 내 가족들은……"

이미 나라를 위해 한 목숨을 던진 뒤였다 가족들에 대한 그리움은 그 자리에서 돋아나는 싹과 같았다. 겉으로는 초연한 척 했지만 신문이 끝나고 나면 어린 자식들과 부인 생각이 나서 돌을 씹는 기분으로 밥을 삼킨 적도 있었다. 미조부치는 동생들을 자주 만나게 해주었다.

2월 14일 월요일, 안중근은 감옥에서 든든하게 밥을 먹고 평소와 다름없이 태연한 걸음으로 감옥에서 나와 사방이 막힌 검은색 마차에 올랐다. 법원에 도착하자 마차의 뒷문을 열어주어 내렸는데, 처음으로 재판이 시작되던 날보다 훨씬 많은 사람들이 안중근을 기다리고 .대부분은 기자로 보였다.

안중근의 동생 정근과 공근을 비롯한 안병찬 변호사와 미할일로프 변호사의 모습도 보였다. 마침내 10시 정각이 되자 히라이시 법원장 등이 들어오고, 먼저 각 피고인들의 신원을 확인한 미나베 재판장은 잠시 시간을 두었다가 무겁게 입을 열었다. 그는 검사의 기소 내용을 그대로 받아들여?t다,

"이토공작 살해사건에 대한 판결을 다음과 같이 선고한다. 주문. 피고 안중근 사형, 동 우덕순 징역 3년, 동 조도선 징역 1년 6개월, 동 유

동하 징역 1년 6개월."

예상했던 바이지만 일순 법정 안은 정적에 휩싸였다. 미나베는 천천히 선고한 주문과 주문 이유를 읽었다.

정적을 깬 것은 안중근이었다.

"일본에는 사형 이상의 형벌은 없는가?'

"판결 이유, 피고안중근은……"

미나베가 판결 이유를 읽어 내려가기 시작하자 안중근은 옅은 미소를 지으면서 또 말했다.

"이런 판결 결과는 재판 전부터 미리 결정이 나 있었던 것이 아니더냐!"

그리고는 밝은 얼굴로 어깨를 펴고 당당하게 앉아 미동도 없이 재판장을 주시했다. 나이 어린 유동하는 울먹거렸고, 조도선은 불안한 표정을 지었다. 우덕순은 원망의 빛 같은 것은 없이 덤덤했다.

긴 판결 이유를 다 읽은 미나베가 덧붙였다.

"피고들은 본 판결에 불복하면 5일 이내에 항소할 수 있다. 판결문의 정본, 등본, 초본을 청구할 수 있다. 이로써 본건 재판을 마치고 폐정한다."

안중근은 이날의 소회를 '안응칠역사'에서 다

음과 같이 기술했다.

　내가 생각했던 것에서 벗어나지 않았다. 예로 부터 허다한 충의로운 지사들이 죽음으로써 간 하고 정략을 세운 것이 뒷날의 역사에서 맞지 않은 것이 없었다. 이제 내가 동양의 대세를 격 정하여 정성을 다하고 몸을 바쳐 방책을 세우 다가, 끝내 허사로 돌아가니 통탄한들 어찌하 랴.

　그러나 일본국 4천만 국민이 '안중근의 날'을 크게 외칠 날이 멀지 않도다. 동양의 평화가 이 렇게 깨어지니 백년 풍운이 언제 그치리오. 이 제 일본 당국자가 조금이라도 지식인이라면 반 드시 지금의 정책을 바꾸게 될 것이다.

　돌이켜 생각하면 염치와 공정한 마음이 조금 이라도 있었던들 어찌 이 같은 행동을 능히 할 수 있었겠나.

　지난 을미년(1895년)에 한국에 와 있던 일본 의 공사 미우라 고로(三浦吳樓)가 병정들을 이 끌고 대궐에 침입하여 한국의 명성황후(明成皇 后) 민 씨를 시해했으나 일본 정부는 아무런 처 벌도 하지 않고 석방했다. 그 내용을 보면 그러한 짓을 시킨 자가 분명히 있었기 때문에 그렇게 된 것이다. 그런데 오늘 나의 일을 보면, 가령 인 개인 간의 살인죄라 할지라도 미우라의 죄와 내 죄 중에서 어느 것이 무겁고 어느 것이 가볍단 말인가? 참으로 머리가 부서지고 쓸개가 찢어질 일이다. '내게 무슨 죄가 있단 말인가? 내가 무슨 잘못을 저질렀단 말인가?' 하고 천 번 만 번 생각하다가 문득 크게 깨달은 뒤에 나는 손뼉을 치며 크게 웃었다.

나는 과연 큰 죄인이다. 다른 죄가 아니라 내가 어질고 약한 한국의 인민 된 죄이로다!

안중근은 억울했지만, 미리 예상했던 일이고 어느 정도는 각오를 했던 일이었다. 하지만 막상 사형 선고가 떨어지니 마음이 산란했다. 이 미친 시대의 희생양이 되는 것이 억울하기도 했다. 안중근은 교육, 사업, 의병 활동 등 미완성의 길을 걸었다. 그의 인생에서 결정적인 성공은 단 한 번 바로 이토를 암살하는 것이었다. 이것은 안중근이라는 이름을 세상에 알리는 일이면서, 동시에 자신의 내면을 완성시키는 철학적 행동이었다.

사형 선고가 내려진 1심에 대한 항소 여부는 5일 이내에 결정하도록 되어 있었다. 안중근으로서는 이토의 죄상과 동양평화의 길을 다시 법정에서 밝힐 것인지를 결정해야 하는 셈인데, 1심의 과정과 결의를 볼 때, 현실적으로 큰 효과를 기대하기는 어려워 보였다. 이에 안중근은 2월 17일 고등법원장을 만나기로 했다. 구리하라 전옥을 통해 면담을 청했고, 통역으로 소노키가 입회하게 되었다.

전옥 구리하라 씨가 특별히 주선하여 고등법원장 히라이시 씨와 면회하게 되었다. 그때 나는 사형 판결에 불복한 이유를 대강 설명하고, 그 뒤에 동양 대세의 관계와 평화 정략(政略의 의견을 진술하였다. 고등법원장은 듣고 나서 개연(慨然)히 답했다.

"나는 그대의 뜻에 깊이 동감합니다. 그러나 정부 주권의 기관은 고치기 어려운 것이니 어찌하겠습니까? 마땅히 그대가 진술하는 의견을 정부에 품달할 것입니다."

나는 그 말을 듣고서 깊이 칭송했다.

"이같이 공정한 담론이 우레와 같이 귀에 흘러드니, 이는 평생 다시 듣기 어려운 말입니다. 이 같은 공의(公義) 앞이라면 비록 목석이라도 감복할 것입니다."

나는 다시 그에게 청했다.

"만일 허가된다면 〈동양 평화론〉 1권을 저술하고 싶습니다. 사형 집행 날짜를 한 달 정도 늦춰 주실 수 있겠습니까?"

고등법원장이 대답했다.

"한 달 정도만 늦출 것입니까? 비록 여러 달이라도 특별히 허가할 것입니다, 걱정하지 마십시오."

이에 나는 계속해서 감사를 표하다가 돌아왔다. 이로부터 항소권을 포기하겠다고 청원했다. 그뿐만 아니라 고등법원장의 말이 과연 진담이라면 더 생각할 필요도 없었다. 이에 〈동양평화론〉을 저술하기 시작했다.

안중근은 관동도독부 고등법원장 히라이시 우지히토와 면담한 뒤인 2월 19일에 항소를 포기했다. 자신의 주장을 일관되게 정리하여 〈동양평화론〉을 저술하는 편이 항소하여 다시재판을 받는 것보다 낫다고 판단했기 때문이었다. 재판의 목적이 유·무죄를 다투는 것보다는 동양평화에 대한 의견을 제출하는 데 있었기 때문에 이러한 판단을 내렸을 것이다.

그러나 이때 저술을 시작한 〈동양평화론〉은 완성되지 못했다. 서문과 전감(前鑑) 부분만 썼고, 현상(現狀), 복선(伏線), 문답(問答) 세 부분은 시작도 못한 채 중단되었다. 히라이시가 장담한 여러 달의 여유가 주어지지도 않았지만, 항소를 포기한 이후 안중근은 많은 일을 했기 때문이었다. 한 달 남짓한 기간 동안 안중근은 〈안응칠역사〉를 완성해야 했고, 틈틈이 법원과 뤼순 감옥의 관리들에게 부탁받은 글씨도 써야 했다.

〈동양평화론〉은 "대저 합하면 성공하고 흩어지면 망한다는 것은 만고에 분명히 정해지고 있는 이치다"라는 문장으로 시작해서 "슬프다. 자연의 형세를 돌아보지 않고 같은 인종, 이웃나라를 해치는 자는 독부의 환난을 결코 면하지 못할 것이다"라고 그치고 말았다.

이처럼 완성되지 못했음에도, 〈동양평화론〉의 주요 내용은 오늘날 확인할 수 있다. 당시 히라이시와의 면담 기록이 남아 있기 때문이다. 히라이시가 "정부 주권의 기관은 고치기 어려운 것"이라고 말했다는 데서 짐작할 수 있듯이, 그 내용은 동양 3국의 공동체까지를 구상하는 것이었다.

이 짧은 논문에서 안중근은 뤼순을 중립화하여 그곳에 한중일이 공동으로 관리하는 군항을 만들자는 제의, 동아시아 공동의 은행을 설립하여 원만한 금융 관계를 만들자는 제의, 동아시아 3국 군대를 만들어 각 나라의 언어를 배우게 해서 국가 간의 연맹 체제를 만들자는 제의, 상공업이 발달한 일본에게 한국과 중국은 지도를 받자는 제의, 로마 교황청을 3국이 공동으로 방문해 협력을 맹세하자는 식의 논지를 펼쳤다. 단순히 이상적인 생각임에도 불구하고 동양 평화에 대한 안중근의 투명한 마음이 보이는 논문이다.

안중근이 히라이시와의 면담에서 자신의 사형 집행일을 특정한 날짜로 희망했다는 점도 함께 기억해둘 만하다. 그는 천주교의 기념일인 3월 25일에 자신의 사형을 집행해달라고 청원했는데, 이는 그가 자신의 삶에 부여한 종교적인 의미의 깊이를 짐작하게 하는 대목이다. 그렇지만 실제 사형 집행일은 안중근이 희망한 날보다 하루 뒤인 3월 26일로 결정되었다. 3월 25일은 순종 황제의 탄신일이었고, 3월 27일은 부활절이었다. 25일과 27일은 사형을 집행하기 어려운 날이었던 것이다. 3월 26일로 날짜를 정한 것을 두고 이토가 죽은 날과 관련되는 주장도 그 사실 여부는 확인되지 않는다.

3장
이루지 못한 꿈

 안중근의 공판 소식을 들은 어머니 조마리아 여사는 "기어이 일이 그렇게 되었구나"라고 짧게 탄식을 하고는 아들의 수의를 만들었다. '이유야 어찌 되었건 남의 목숨을 앗았으니 살기를 바랄 일은 아니다. 중근이는 아마도 사형을 당할 것이다'라고 어머니는 혼잣말을 하는 것처럼 중얼거렸다.
 정근과 공근 두 아우는 어머니의 그런 모습을 보고 차마 같이 앉아 있을 수가 없어서 잠시 밖으로 나왔다. 두 아우가 어머니의 울음소리라도 들을까 두려워하며 마당을 서성거리고 있는데 어머니가 두 형제를 불렀다.

어머니는 수의를 쓰다듬으면서 말했다.

"이제 우리 모자의 상면은 이승에서는 없을 일이다. 너희들은 이 어미의 말을 잘 듣고 한 자도 왜곡 없이 중근이에게 전해야 한다. 알겠느냐?"

"예. 어머니."

"너희 형은 어려서부터 남달랐다. 아버지가 너희를 대할 때도 달랐지. 너희가 글공부를 소홀히 하면 나무라셨지만 중근이가 사냥을 가면 그냥 두었다. 왜 그랬는지 아느냐?"

"……"

"중근이는 무사의 기질을 타고났기 때문이다. 그리고 나라를 위해 자신의 길을 걸어갔으니, 너희 아버지도 저승에서 아들을 반갑게 기다리고 있으실 거다."

조마리아 여사는 마치 곁에 중근이 있는 것처럼 말했다.

"중근이가 행여 늙은 어미보다 먼저 죽는 것이 불효라고 생각한다면 이 어미를 욕되게 하는 것이다. 대장부로 태어나 나라를 위해 큰일을 하였으니 이것은 가문의 큰 영광이다. 너희들도 마찬가지다. 살아서 나라와 민족에 욕을 보이는 짓을 하면 안 된다. 죽음으로 자신의 이름과 나라의 이름을 빛낸 충신열사들이 하나 둘이 아니다. 당당하게 나아가라. 이 모진 세상에서 벗어나 하느님의 품으로 돌아가라. 그곳에서 우리 모자 상봉하여 이승에서 못 나눈 정을 천년만년 나눌 것이다."

두 아우는 안중근을 면회하여 이 말을 전했다. 그리고 안중근은 이때 동생들에게 변호사 선임 이외에 한 가지 일을 더 부탁했다. 그것은 천주교 신부를 통해 성사를 받는 일이었다. 사형 선고를 받은 이후에는 이러한 희망이 더욱 간절해졌던 것이다. 안중근은 변함없는 천주교인이었고, 따라서 종부성사(終傅聖事) 의식은 개인 안중근의 마지막 소원이었다.

안중근은 자신에게 세례를 주어 신앙의 길로 인도한 빌렘 신부를 찾았다. 빌렘 신부가 뤼순으로 가서 성사를 집전하기 위해서는 뮈텔 조교의 허가가 필요했다. 하지만 당시 조선 천주교를 이끌고 있는 뮈텔 주교는 이를 허가하지 않았다. 그는 안중근이 살인을 한 것으로 판단하고 빌렘 신부를 뤼순에 보내지 않으려고 했다.

심지어 뮈텔 주교는 10월 26일 의거 후, 11월 4일 서울 헌병본부에서 거행된 이토의 장례식에 '조선천주교'라고 쓴 조화를 보낼 정도였다. 그가 장례식장에 직접 참여하지 않은 이유는 일본의 신도 행사로 장례가 이루어졌기 때문이다. 뮈텔 주교는 빌렘 신부에게 뤼순에 가지 말라고 명령했다. 뤼순 감옥에서 허가하고 중국 펑톈의 슐레 주교가 서한을 보내 빌렘 신부를 보내 줄 것을 당부했지만 그는 들어주지 않았다.

하지만 안중근은 3월 7일 뤼순에 도착한 빌렘 신부를 그 다음 날 만났다. 빌렘 신부는 뮈텔 신부의 판단이 틀렸다고 보고 그의 명령을 따르지 않은 것이다.

뮈텔 신부가 빌렘 신부의 뤼순 행을 허가하지 않으려 했던 이유는 무엇일까? 한국천주교의 대표자로서 뮈텔에게는 천주교의 선교가 가장 중요한 문제였고, 뮈텔은 그에 맞게 행동했기 때문이다. 그는 안중근이 천주교인이라는 것이 알려지는 것을 걱정했고, 정치와 종교를 분리시키는 파리외방전교회의 선교방침에 충실했다.

오후 2시 빌렘 신부는 두 동생과 함께 법원 당국의 양해 하에 안 의사를 다시 만났다. 빌렘 신부는 죽음을 앞둔 안 의사에게 위로의 인사를 하고 서서히 자기가 온 이유에 대해서 설명하면서

"내가 이 만주 뤼순에 오기까지에는 많은 시련과 장애가 있었다. 네가 아는 대로 너와 나는 사제관계에 있어서, 또 이번 거사는 내가 시킨 것처럼 와전되었기 때문에 적지 않은 의심을 받아 이번에 오는 것도 어떤 정치적 의미가 있는 것처럼 사람들이 알고 있어 무척 고단한 일이었다"고 말했다.

빌렘 신부는 3월 8일부터 11일까지 총 4회에 걸쳐서 안중근을 면회했다. 8일과 9일에는 전옥과 통역관의 입회하에 면회했고, 10일에는 종부성사를 거행했다. 11일에는 안정근, 안공근과 함께 면회를 하면서 안중근이 고국을 떠난 이후의 일에 대해서 들었다.

빌렘 신부는 일본의 문명을 구체적으로 이야기하고 그에 대비하여 안중근의 행위를 죄로 규정했다. 이런 논리를 받아들인다면 안중근은

재판에서 펼쳤던 주장을 모두 취소하거나 부정해야 할 것이었다. 어렵고 곤혹스러운 상황이었다.

안중근은 처음에는 침묵했지만 이 시점에 이르러서는 자신이 큰 죄악을 범했다고 고백하고 있다. 다음날인 9일에도 빌렘 신부와 안중근은 유사한 문답을 이어갔다. 신부는 이토의 선정(善政)까지 거론하며 훈계했고, 안중근은 이에 완전히 뉘우쳤다고 답했다. 그리고 이를 계기로 10일에는 종부성사까지 무사히 마쳤다.

네 번의 면회에서 문답을 주고받은 안중근과 빌렘 신부의 속마음은 어떠했을까? 오늘날 남아 있는 자료들을 통해서는 이를 확인하기 어렵다. 다만 성사를 전후한 문답에서 속마음을 그대로 드러냈을 가능성은 별로 없어 보인다. 안중근이 종교적인 의미에서의 죄는 인정할지 몰라도, 현실에서 이토의 선정을 깨닫는다거나 이토를 쏜 행위가 잘못이라고 뉘우치지는 않았을 것이다.

안중근이 가슴에 묻어 두고 간 고해성사의 내용은 아무도 알 수 없다. 이 고해성사에서 안중근은 무엇을 고백했을까? 아주 작은 목소리로 신부와 안중근은 대화했다. 고해성사는 백지 20장에 걸쳐서 적은 내용을 읽어 가며 20분간 진행되었다.

안중근은 고해성사를 통하여 신앙적으로 '죄 사함'을 받았다. 밀실에서 두 사람 사이에 이루어지는 고해성사는 감옥의 면회실에서 이루어졌다. 신부와 안중근 두 사람이 가까이 앉았고 나머지 사람들은 멀리 떨어진 곳에서 참관했다. 이 고해성사를 통해 안중근이 마음의 평화를 얻은 것은 분명하다.

3월 10일에는 빌렘 신부가 집전한 미사에 안중근과 감옥의 일반 관리들이 참례했다. 빌렘신부는 다음 날 다시 안중근을 면회하고 위로와 강복을 준 다음 뤼순을 떠났다. 빌렘 신부는 이 일 때문에 뮈텔 주교에게 문책을 당하고, 명령 불복종을 이유로 본국인 프랑스로 쫓겨 나가는 수모를 겪게 되었다. 빌렘 신부는 훗날 탄원서를 제출한다. 빌렘 신부와의 만남을 마지막으로 안중근은 자서전에 마침표를 찍었다.

안중근은 사형 집행일 전날에도 두 동생을 면회할 수 있었다. 면회장에 있었던 검사 미조부

치가 이제는 마지막 날이니 서로 손을 잡아도 좋다고 허락을 했다

이 자리에서 안중근은 어머니와 아내에게 보내는 편지를 비롯해 모두 여섯 통의 편지를 두 아우에게 주었다. 그리고 다음날 사형장으로 갈 때 입을 수의를 전해 받았다.

안중근이 어머니 조마리아 여사에게 보낸 편지다.

예수를 찬미합니다.

불초한 자식은 감히 한 말씀을 어머니께 올리려 합니다.

엎드려 바라옵건대 자식의 막심한 불효와

아침저녁 문안 인사 못 드림을 용서하여 주시옵소서.

이 이슬과도 같은 허무한 세상에서

감정에 이기지 못하고

이 불초자를 너무나 생각해 주시니

훗날 영원의 천당에서 만나 뵈올 것을 바라오며

또 기도합니다.

이 현세의 일이야말로 모두 주님의 명령에 달

려 있으니

마음을 평안히 하시옵기를 천만 번 바라올 뿐입니다.

분도는 장차 신부가 되게 하여 주기를 희망하오며,

후일에도 잊지 마사옵고 천주께 바치도록 키워 주십시오.

이상이 대요이며, 그 밖에도 드릴 말씀은 허다하오나

후일 천당에서 기쁘게 만나 뵈온 뒤 누누이 말씀드리겠습니다.

위아래 여러분께 문안도 드리지 못하오니,

반드시 꼭 주교님을 진심으로 신앙하시어

후일 천당에서 기쁘게 만나 뵈옵겠다고 전해 주시기 바라옵니다.

이 세상의 여러 가지 일은 정근과 공근에게 들어 주시옵고,

배려를 거두시고, 마음 편안히 지내시옵소서.

3월 26일 사형 집행일이 되었다. 새벽부터 긴 겨울이 끝나는 것을 알리는 봄비가 내리는가 싶었다. 안중근은 여느 때와 마찬가지로 먼저

기도를 올렸다. 일제는 안중근에게 <동양평화론>을 집필할 시간을 주지 않았다. 새벽에 눈을 뜬 안중근은 어머니가 보내준 수의를 입었다. 한복 저고라는 흰색, 바지는 흑색이었다. 휘호를 비롯한 미완의 원고는 정리하여 한자리에 잘 두었다. 안중근은 손으로 수의를 천천히 쓸어내렸다. 안중근은 안색을 단정히 하고 천천히 옷을 갈아입었다. 이 옷을 입고 하늘나라에 간다. 깨끗한 옷으로 갈아입고, 이제 자신을 부르러 올 사람들을 기다리기만 하면 된다.

그때 철컹하는 소리와 함께 감옥의 문이 열렸다. 형무소장이 문 앞에 서 있었다. 그는 말했다.

"시간이 되었습니다."

안중근의 법정 통역자인 소노키 스에키는 안중근의 사형 집행에 대한 다음과 같은 기록을 남겼다.

살인 피고 안중근에 대한사형은 3월 26일 오전 10시 감옥소 안의 사형장에서 집행되었다. 그 과정은 다음과 같다. 오전 10시 미조부치 검찰관, 구리하라 감옥장과 소관 등이 사형장

검시실에 앉고 안중근을 불러들여 사형 집행의 뜻을 알렸다. 유언의 유무를 물은 데 대해 안중근은 별로 유언할 것은 없으나 자기의 이번 행동은 오직 동양의 평화를 도모하는 성의에서 나온 것이므로 바라건대 오늘 이 자리에 있는 일본 관헌 각의도 나의 뜻을 이해하고 피차의 구별 없이 합심하여 동양의 평화를 기할 것을 기원한다고 말했다. 그리고 이에 동양 평화의 삼창을 하도록 허락해줄 것을 제의했는데 전옥은 그렇게 할 수 없다는 뜻을 설명하고 간수로 하여금 백지와 흰 천으로 눈을 가리고 특별히 기도를 드릴 것을 허락하니 안중근은 2분여 묵도를 하였다. 그리고 두 사람의 간수가 데리고 계단으로 올라 태연하게 형의 집행을 받았다. 때는 10시를 조금 넘은 4분이었으며 15분에 이르러 감옥의가 시체를 검시하고 절명하였다는 보고를 하기에 이르러 이에 집행을 끝내고 일동 퇴장하였다.

10시20분 안의 시체는 특별히 감옥에서 새로 만든 침관에 담아 흰 천을 덮고 교회당으로 옮긴 뒤 공범자인 우덕순, 조도선, 유동하 등 3명을 끌어내 특별히 예배를 하게끔 하였다. 오후1

시, 감옥의 장지에 이것을 매장하였다.

형이 집행되고 나서 안중근의 유해는 봄비를 맞으면서 형장에서 15킬로미터 정도 떨어진 뤼순감옥 묘지에 매장되었다

발굴 현장 사진을 보면 사형수들은 항아리에 몸이 접혀 들어가 아무렇게나 매장되었다. 이름도 나이도 성별도 없었다. 그들에게 사형수들은 짐승의 사체처럼 땅에 파묻어버리면 그만이었다.

사형 집행이 끝나자 처형장 밖에서 형의 유해가 나오기를 기다리고 있던 정근, 공근 두 동생은 안중근의 유해가 이미 묘지에 묻혔다는 소식을 듣고 대성통곡을 했다고 한다. 안중근이 처형 전날까지 보여주었던 의연한 모습과 그의 정신에 일본인들까지 감화를 받았다. 이러한 인물의 유해를 넘겨주면 안중근을 중심으로 한 독립운동의 불길이 더욱 거세질 것이었다. 일본 제국주의는 그것이 두려웠던 것이다.

두 동생은 형의 시신을 찾기 위해 노력했지만 수포로 돌아갔다. 결국 안중근 의사의 유해는 '실종'되었고 그의 유언만이 남아 있었다. 다음

의 내용이 그의 유언이다.

　내가 죽으면 나의 뼈를 하얼빈 공원 곁에 묻
었다가, 우리의 국권이 회복되면 고국으로 반장
해다오. 나는 한국에 가서도 마땅히 우리나라의
회복을 위해 힘쓸 것이다. 너희들은 돌아가서
동포들에게 각각 나라의 책임을 지고 국민된
의무를 다하여, 마음을 같이하고 힘을 합해 공
로를 세우고 업을 이루도록 일러다오,
　대한독립의 소리가 천국에 들려오면, 나는 마
땅히 춤추며 만세를 부를 것이다.

4장
추악한 일본인

안중근의 아내 김아려가 두 아들을 이끌고 정
대호와 함께 하얼빈에 도착한 때는 1909년 10
월 27일이었다. 사건이 일어난 직후인지라 김
성백의 집에 머물러 있던 김아려, 정대호 일행
또한 일본 측의 조사를 받아야 했다. 그렇지만
정대호와 안중근 가족에게 특별한 혐의가 없었
으므로, 일본 측에서 이들을 계속해서 잡아둘
수는 없었다.

하얼빈을 떠난 안중근의 가족은 우선 러시아
의 연해주로 향했다. 이어서 안정근과 안공근이
가족과 합류했다. 안중근의 활동무대이기도 했
던 그곳에는 '안중근 유족 구제공동회'가 결성

되어 있었다. 최재형, 최봉준 등 블라디보스토크의 유력 인사들이 여기에 참여했다.

안중근의 가족은 얼마 뒤인 1191년 4월에 중국의 헤이룽장성(黑龍江省) 무링현(穆陵縣)으로 이주했다. 그곳에서 안창호와 이갑(李甲, 1877~1917)의 도움으로 농토도 마련할 수 있었다. 그러나 다시 큰 비극을 겪어야 했다. 바로 장남 분도의 죽음이었다. 분도는 안중근이 신부로 키워달라고 유언했던 아들이다. 그의 사망 이유와 경위는 정확히 밝혀지지 않았다. 그렇지만 유동하의 동생인 유동선(劉東善)의 증언에 의하면 밀정에 의한 독살의 가능성이 높아 보인다. 유동선은 안중근의 가족에게 놀러 갔다가 분도의 죽음을 목격했다고 하는데, 이에 의하면 분도는 '어떤 낚시꾼이 주는 과자를 먹었다'는 말만 겨우 남긴 채 쓰러져서 숨을 거두었다고 한다.

안중근의 가족은 1914년경에 러시아령 우수리스크로 이주했고, 1919년 이후에는 상하이의 프랑스 조계지로 옮겨갔다. 그동안 안정근은 러시아군의 장교로 세계 대전에 참가하기도 했고,

안공근은 상트페테르스부르크 등지에서 러시아어를 공부하기도 했다. 이들 형제는 각각 안창호, 김구와 함께 활동하면서 이후 독립운동에서 중요한 역할을 담당했다.

안중근은 아내 김아려와의 사이에 딸 하나와 아들 둘을 두었다. 장남 분도가 무링현에서 죽었기 때문에, 김아려는 딸 현생, 아들 준생과 함께 상하이에서 생활했다. 상하이로 이주했을 때 현생은 19세, 준생은 13세였다. 안현생은 하얼빈 거사 이후 명동의 수녀원에서 생활했는데, 1914년에야 가족과 함께 살 수 있었다. 상하이에서는 천주교 숭덕여학원 고등과를 졸업했고, 동 대학원 불문학과 및 미술과에 재학 중이던 25세에 일곱 살 위의 황일청(黃一淸)과 결혼했다. 안준생도 상하이의 후장대학 등에서 수학했다. 안중근의 유족이라는 상징적인 의미가 있었으므로 당시 상하이의 주요 인물들은 이들 남매에게 특별한 관심을 보였다.

그렇지만 1932년 이후에 안중근의 유족은 독립운동 진영과 단절된 채 생활하게 된다. 윤봉길 사건 이후 임시정부가 상하이를 떠나는데, 김아려와 안준생은 상하이를 벗어나지 못했기 때문이다. 이후 1937년 중일전쟁이 발발했고 상하이는 일본의 세력권에 들어가고 만다. 1938년 안준생은 중국어와 영어에 능통했던 전화 교환수 정옥녀(鄭玉女)와 결혼하는데, 식당에서 바이올린을 연주하는 등으로 어려운 생활을 이어나갔다. 심지어는 마약 밀매로 돈을 번다는 소문마저 나돌았다. 김구가 안중근의 부인을 모셔오지 못하고 자신의 가족만 이끌고 충칭으로 온 안공근을 크게 나무란 일은 앞에서 언급하였거니와, 안중근의 가족이 실제로 김구가 걱정했던 것처럼 곤경에 빠졌음을 여기서 확인할 수 있다.

그런데 안중근 유족의 비극은 여기서 그치지 않았다. 조선총독부에서 기획한 것으로 알려진 '박문사(博文寺)의 화해극(和解劇)'이 이들을 기다리고 있었기 때문이다. 사건은 1939년 9월 26일 상하이를 출발한 '재상해 실업가유지 만선시찰단(在上海實業家有志滿視察團)에 안준생과 그의 매부인 황일청이 포함되면서 시작되었다. 사실 안준생이나 황일청은 '실업가'나 '유지'라고 불릴만한 처지가 아니었지만 여기에 포함되어 있었다. 사절단은 만주를 거쳐 서울에 도착했고, 10월 9일에는 조선 총독 미나미 지로와 면담을 했다. 이 시찰단의 결성이 중일전쟁 이후 일본 측이 구사한 전략의 일환이었음은 쉽게 짐작할 수 있을 것이다. 그런데 정해진 일정을 마친 이후에 안준생은 시찰단과 함께 상하이로 돌아가지 않았다. 그리고 10월 15일 오전에 조선총독부 촉탁 아이바 기요시(相場淸), 외사부장 마쓰자와 다쓰오(松澤龍雄)와 함께 박문사를 찾았다.

박문사란 다름 아닌 이토 히로부미를 현창하기 위해 세운 절이다. 게다가 뤼순에서 통역을 담당했던 소노키가 그 자리에서 기다리고 있었다. 안준생은 박문사에서 이토의 명복을 빌었고 아버지 안중근이 죽기 전에 자신의 행위가 "오해로 인한 폭거(暴擧)"였음을 인정한다고 발표했다. 뤼순 감옥의 사형장에 가지 않았으며 아버지의 얼굴을 본 적도 없는 안준생에게 안중근의 주장을 뒤엎는 발언을 하게 한 것이다. 통역 소노키가 이 자리에 함께 한 특별한 이유가 있었음을 쉽게 추정할 수 있다.

10월 17일에는 더욱 극적인 장면이 연출되었다. 16일 오후에 안준생은 조선호텔에서 이토 히로부미의 둘째아들인 이토 분기치를 '우연히' 만나게 되는데, 이는 총독부의 외사부장인 마쓰자와 다쓰오가 알선한 것이었다. 이토 분키치는 일본 광업 사장의 자격으로 광산 시찰을 위해 조선에 왔고, 돌아가는 길에 서울에 들른 것이라고 했다. 안준생과 이토 분키치는 17일에 함께 박문사를 방문했고, 이토 히로부미의 영전에서 '화해'하는 장면을 연출했다.

두 사람의 화해 장면은 대대적으로 언론에 보도되었다. 서울에서 발간되던 일본어 신문 <경성일보(京城日報)>에서는 10월 16일과 17일에 안준생이 법요(法要)를 올리는 장면과 두 사람이 마주 앉은 사진을 포함하여 관련 기사를 게재했다. 기사에서는 안중근과 이토의 위패를 함께 모셔 놓고 분향함으로써 이토 분키치가 자신의 아버지를 죽인 안중근을 용서하는 태도를 보였다는 식으로 보도했다. 일본에서는, 오사카아사이신문(大阪朝日新聞)에서 '원수를 넘어 따듯한 악수' 등과 같은 제목으로 두 사람의 화해를 보도했다. 총독부에서는 한국인이 경영하는 신문사에도 보도를 요청한 것으로 보이며, 실제로 이에 대한 기사를 실은 신문도 있었다.

안준생과 이토 분키치의 박문사에서의 화해는 조선 총독부의 준비에 의해 연출되었을 가능성이 높다. 총독부의 촉탁 아이바는 시찰단과 동행했고, 외사부장 마쓰자와는 이토 분키치와의 만남을 주선했다. 안준생이 상하이 시찰단에 참가하게 된 경위는 분명치 않지만, 우연한 상황이 '지나치게' 많은 것은 사실이다.

1941년 3월 26일에는 안현생 또한 박문사에 들러 참배하고 아버지를 대신해 사죄했다. 시찰단에 포함된 남편 황일청과 함께였고, 이번에도 아이바가 이들과 동행했다. 아이바는 '박문사 화해극' 이후 중국으로 건너갔다. 안중근의 자녀인 안준생과 안현생을 관리하고 있었던 것이다.

조선총독부에서 안준생과 안현생에게 박문사를 참배하도록 한 이유는 무엇일까? 단순한 복수라고 말할 수는 없을 것이다. 복수라면 너무 치졸하다. 사건이 일어난 지 30년이 지난 다음에 유족에게 복수를 한다는 것도 이상하지만, 사죄에 그치지 않고 화해까지 연출한 것을 보면 특별한 목적이 있다고 보는 편이 자연스럽다.

이 사건이 "박문사 건립의 의도를 가장 멋지게 보여 주는 것이고 이토의 '위업'을 완성시킨 것"이라는 지적은 일본 측의 목적을 가장 정확하게 지적한 것으로 보인다. 즉 일본 측에서는 박문사를 통해 '내선융화(內鮮融和)', 더 나아가서 '내선일체(內鮮一體)'를 구현하고자 했는데, 이 사건은 그러한 목표에 가장 부합되는 드라마였던 것이다.

과연 그런지 살펴보기 위해서는 우선 박문사가 어떤 곳인지 알아둘 필요가 있다. 이곳은 이토 히로부미를 현창하기 위한 사찰이다. 1929년에 조선총독부 정무총감이자 과거 통감부의 서기관으로 이토를 수행했던 고다마 히데오(小玉秀雄)가 건립을 제안했고, 1932년에 장충단 동쪽에 세워졌다.

동상(凍傷)이나 신사(神社)가 아닌 불교사찰의 형태로 현창사업을 추진한 것이 특이한데, 이는 조선에 기반이 있는 불교사원의 형태를 취함으로써 내선융화의 목적에 부합하도록 한 것이었다. 이를 위해 건축 양식이나 재료도 일본풍과 조선풍을 절충하려고 하는 등의 관심을 기울였다고 한다. 이러한 의도가 실제 건설 과정에서 그대로 실현되지는 않았다고 하지만, 건설 과장에서는 '절충' 또는 '융화'를 명분으로 한 조선 또는 조선 황실에 대한 침탈이 적지 않았다. 대표적인 사례가 박문사의 정문인 경춘문(慶春門)인데, 이는 경희궁의 흥화문(興化門)을 옮겨다가 세운 것이었다. 이때 옮겨진 흥화문은 1988년의 경희궁 복원 사업 때야 비로소 원래 자리를 찾았다.

1937년 중일전쟁을 일으킨 일본에서는 내선일체를 주장할 필요성이 높아졌는데, 이를 위한 상징으로 총독부에서 내세울 만한 인물가운데 히로부미가 포함되는 것은 그리 이상할 것이 없는 일이었다. 그러나 여기에는 한 가지 문제가 있었다. 바로 안중근이었다. 안중근 또한 한국 독립운동의 상징적인 인물이었기에, 총독부에서는 우선 그 상징성을 훼손할 필요가 있었던 것이다. 이런 해석이 성립된다면, 안준생과 안현생의 박문사 참배는 총독부에 있어서 최선의 방안이었을 것이다. 이를 통해 안중근은 오해로 사람을 죽인 살인범으로 규정되는 반면, 이토는 자신을 죽인 원수까지 용서할 만큼 내선융화에 힘쓴 위인으로 부각될 수 있기 때문이다. 즉 '박문사의 화해극'은 1939년 당시 총독부에서 적극적으로 기획하여 추진할 만한 일이었던 것이다.

안준생과 안현생 남매는 이후 불우한 생애를 살게 된다. 아이바에게 물질적인 도움을 받을 수 있었는지는 몰라도, 안중근의 유족에서 변절자의 위치로 전락함으로서 정신적인 면에서 큰 타격을 입었다. 그리고 그런 일로 1945년 일본이 물러난 뒤에도 이들은 바로 조국으로 돌아올 수 없었다. 김구가 귀국 직전에 안중근을 체포해 처형해 달라고 중국 관리들에게 부탁한 일은 그러한 상황을 잘 대변하는 사례라고 말할 수 있을 것이다.

1946년 안중근의 부인 김아려는 상하이에서 세상을 떠나 중국 땅에 묻혔다. 1950년 6월에야 귀국한 안준생은 이듬해 폐결핵으로 덴마크의 병원에서 치료를 받다가 사망했다. 안준생의 부인과 아들은 이후 미국으로 이주했다. 안현생은 1946년 11월에 귀국해서 잠시 프랑스어 교수로 활동하다가 1959년에 고혈압으로 사망했는데, 2009년에야 묘의 위치가 알려질 만큼 사회적으로는 '안중근의 딸'로 인정받지 못했다.

안현생의 남편인 황일청은 1945년 12월 중국에서 저격당해 숨졌다.

안중근의 유족이 겪은 비극을 "애국'과 '친일'의 이분법으로 단순화해서 설명하는 것은 쉬운 일이다. 그러나 이러한 설명이나 비판이 정당하지만은 않은 듯하다. 개인의 의지 문제로 환원해서 해석하기 어려운 부분이 적지 않을 뿐만 아니라 '안중근의 유족'이라는 상징성을 감당하기에는 이들을 둘러싼 환경이 너무나 힘겨운 것이었기 때문이다. 사실 안중근 가문이 배출한 수많은 독립유공자 가운데 직계 유족의 이름이 빠져 있다는 점은 많은 것을 생각하게 한다. 자신의 자녀를 돌보지 못할 만큼 많은 것들을 세상에 바친 것은 아니었을까 한다.

안중근은 일본이 동양의 평화를 위해 노력해 줄 것을 기대하며 세상을 떠났지만, 그의 희망은 바로 실현되지 않았다. 일본은 안중근의 날을 외치는 대신 안중근의 가족을 감시했고, 내선일체의 이념을 선전하기 위해 그들을 동원하기도 했다. 이를 통해 일본은 이토를 평화와 화해를 상징하는 인물로 내세우고자 했다. 똑같이 '평화'를 내세웠지만, 그 내용은 안중근이 주장한 '동양평화'와 완전히 다른 것이었다. 이토가 주장한 동양의 평화란 현상의 유지, 즉 강대한 민족이나 국가가 안정적으로 약한 이웃을 핍박할 권리를 보장받는 세계 질서의 유지를 목표로 한 것이기 때문이다.

참고문헌

김정현 〈안중근 아베를 쏘다〉 (열림원)
원재훈 〈안중근 하얼빈의 11일〉 (사계절)
황재문 〈안중근 평전〉 (한겨레 출판사)
김우종 〈안중근과 하얼빈〉 (흑룡강 조선민족
출판사)

하얼빈의 영웅 안중근

1판 인쇄: 2017년 1월 15일   초판
1판 발행: 2017년 1월 20일   초판
엮은이: 김진
펴낸이: 김용성
펴낸곳: 지성문화사
등록: 제5~14호(1976. 10. 21)
주소: 서울시 동대문구 신설동 117~8 예일빌딩
전화: (02)2233-5554 / 2236-0654
팩스: (02)2236-0655 / 2236-2952 / 2236-2953